일본의 고대 국가 형성과
『만요슈萬葉集』

일본의 고대 국가 형성과 『만요슈(萬葉集)』

초판발행일 | 2017년 10월 21일

지은이 | 한성례
펴낸곳 | 도서출판 황금알
펴낸이 | 金永馥

주간 | 김영탁
편집실장 | 조경숙
인쇄제작 | 칼라박스
주소 | 03088 서울시 종로구 이화장2길 29-3, 104호(동숭동)
물류센타(직송 · 반품) | 100-272 서울시 중구 필동2가 124-6 1F
전화 | 02) 2275-9171
팩스 | 02) 2275-9172
이메일 | tibet21@hanmail.net
홈페이지 | http://goldegg21.com
출판등록 | 2003년 03월 26일 (제300-2003-230호)

값은 뒤표지에 있습니다.

ISBN 979-11-86547-72-4-93830

일본의 천황 가가 한반도의 혈통을 이어받았다는 증거 제시

일본의 고대 국가 형성과
만요슈萬葉集

한성례 지음

황금알

들어가며

일본이 패전(1945)하고 나서부터 현존하는 가장 오래된 책이자 역사서인 『고사기』(일본어로는 '고지키'이지만 여기서는 '고사기'라고 칭한다.)와 『일본서기』(일본어로는 '니혼쇼키'이지만 여기서는 '일본서기'라고 칭한다.)에 대한 자유로운 비판이 가능해졌다. 그런 가운데 종래 만세일계(萬世一系)라고 일컫는 일본 천황 가의 혈통이 고대에 몇 차례 교체되었다고 하는 '일본 왕조 교체설'이 등장했다. 와세다대학 교수 미즈노 유(水野祐)는 제33대 스이코(推古) 천황까지 33명의 천황 중 실제로 존재한 천황은 15명에 불과하다는 것을 각 천황들이 태어났을 때의 간지(干支)와 시호(諡號) 등을 분석하여 주장했고, 그가 실존했다고 주장한 15명의 천황들이 3그룹의 혈통을 달리하는 왕조에 속했다고 발표했다. 그리고 현재의 천황 가는 제3야마토(大和) 왕조의 시조가 된 제26대 게이타이(繼體) 천황의 후예라고 미즈노 유는 보았다. 그의 학설이 일본에서 완전히 수용된 것은 아니지만 2차 대전 후의 일본 사학계에서 천황 가에 대한 만세일계설이 붕괴되는 결정적인 계기를 마련했다는 점에서 본서는 그의 학설의 일부, 즉 제26대 게이타이 천황 때 일본 천황 가의 혈통에 큰 변화가 생겼다는 점을 수용하여 논의를 시작한다.

　미즈노 유가 언급한 제3야마토 왕조의 시조는 제26대 게이타이 천황이다. 『고사기』와 『일본서기』에 나타난 게이타이 천황의 출신지가 '삼국(三國)'으로만 기록되어 있는 점으로 미루어, 그의 출신지는 일본이 아니라 가야3국(금관가야, 대가야, 안라국)으로 보인다.

　게이타이 천황이 임나(=가야) 4현을 할양해 달라는 백제의 요청을 쉽게 수용했다는 『일본서기』의 기록을 볼 때 그가 백제와 협력 관계였던 가야국의 어느 일국의 왕이었을 가능성을 제기할 수 있다.

　게이타이 천황의 원래 이름은 오오도왕(男大迹王)이었는데 일본에 현존하는 '인문화상경'이라고 불리는 거울에는 백제 무령왕이 동생인 오오도왕(男弟王)에게 주는 거울이라고 적혀 있다. 요컨대 게이타이 천황은 백제 무령왕이 동생이라고 불렀을 만큼 친밀한 관계였던 것이다. 이에 대해 오오도왕, 즉 게이타이 천황은 가야국의 어느 일국의 왕이었다.

　『일본서기』에는 게이타이 천황 시대에 일본이 가야국에 본격적으로 개입하기 시작한 내용이 다수 기록되어 있다. 이것이 일본의 '임나일본부설'의 근거가 되었는데, 본서에서는 『일본서기』에 기록된 일본과 가야국의 관계사는 가야국의 어느 일국 왕이면서 일본의 천황이 된 게이타이 천황의 가야 정책을 일본 측 시각에서 기록했을 뿐이며, 결국 임나 4현 할양 등 임나에 관한 기록은 가야국 내의 내정사였다는 새로운 관점을 제공한다.

게이타이 천황의 적자인 긴메이(欽明) 천황 때『일본서기』에 처음으로 '임나일본부', 혹은 '안라일본부'라는 명칭이 등장한다. 그러므로 '임나일본부'란 긴메이 천황 시대에 가야의 안라국에 설치된 한 기관으로 보았다.『일본서기』의 기록을 볼 때, 게이타이 천황은 가야국(안라국)의 왕이면서 일본 천황이 되었으며 그는 주로 안라국(가야국)에 있으면서 양국을 통치했다고 보인다. 그러나 필자는 긴메이 천황은 일본을 거점으로 한 안라국의 왕이자 일본천황이었다고 보았다. 따라서 일본으로 이주한 긴메이 천황과의 연락 업무를 담당하는 기관으로서 '임나일본부'가 안라국에 설치된 것이다. 결국 '임나일본부'란 일본이 가야국을 지배하기 위한 통치 기구가 아니라 안라국의 왕 긴메이 천황을 위한 연락 기관이었다.

그런데 562년에 가야가 망하자, 긴메이 천황은 자신의 안라국(가야) 왕조의 분국으로서 세워진 일본에 남을 수밖에 없게 되었다. 그는 임나(가야) 부흥을 간절히 바랐다. 일본과는 부부와도 같은 존재인 가야를 부디 재건해 달라는 내용을 유언으로 남겼다는 기록을 봐도 긴메이 천황은 가야국 출신의 왕이었다는 사실을 뒷받침해 준다.

이후 긴메이 천황 시대부터 힘을 갖기 시작한 호족 소가씨(蘇我氏)가 일본의 실력자로 등극한다. 이 소가씨에 의해 가야계 천황들의 혈통이 끊어진다. 가야국이 망했으므로 소가씨는 백제 왕족과 자신의 딸들 사이에 태어난 혈통을 천황으로 즉위시키기 위해 가야계 왕족을 멸망시킨다. 815년에 일본 왕실이 편찬한『신찬성씨록(新撰姓氏錄)』에는 긴메이 천황 다음에 즉위한 비다쓰(敏達) 천황의 출신을 '백제 왕족'이라고 정확히 기록해 놓았다. 이 같은 기록을 토대로 가야가 멸망한 후에는 일본 내에서 백제 왕족이 천황 가를 장악했다고 본다.

긴메이 천황의 딸인 스이코 천황 다음에 즉위한 천황은 계보 상 비다쓰의 손자로 기록된 조메이(舒明) 천황이다. 이 조메이 천황의 시대부터 일본 천황의 혈통이 완전히 백제 혈통으로 바뀌었다고 보았다. 조메이 천황에게는 계보상의 황후 다카라(寶)와 적자 나카노오에(中大兄) 왕자(천황이라는 호칭이 법제화된 시기는 7세기 후반 덴무(天武) 천황 또는 지토(持統) 천황 시대라는 것이 통설이다. 따라서 왕의 아들을 부르는 호칭도 신노(親王), 미코, 오지(皇子), 태자(太子) 등 다양했으나 본서에서는 천황 호칭을 기준으로 해서 그 이전에는 왕자, 그 이후에는 황자라고 칭한다. 다만 '쇼토쿠 태자'를 비롯하여 이름과 함께 호칭이 굳어진 경우는 그대로 사용한다)가 있었다. 백제사라든가 백제궁을 건립했으며 세상을 떠난 후에도 백제식으로 장례를 치른 조메이 천황을 당시 일본에 가 있었다고 『일본서기』에 기록된 의자왕의 남동생 새상(塞上)이었으며, 그의 계보상의 황후이자 후의 고교쿠(皇極) 천황(여성 천황. 두 번째 즉위했을 때는 사이메이[齊明] 천황)이 된 다카라 황녀가 실제로는 백제 의자왕(義慈王)의 부인 중 한 사람이었다고 본다.

아울러 당시 일본에 가 있었다고 『일본서기』에 기록된 의자왕의 왕자 풍(豊)이 다카라 황녀, 즉 고교쿠 천황의 아들 나카노에오 왕자로 본다. 645년에 을사(乙巳)사변이 일어났을 때 나카노오에의 이복형이 그를 '한인(韓人)'이라고 부른 『일본서기』의 기록과 백제가 망한 후 풍이 백제에 돌아가 백제부흥운동을 전개하는 과정을 분석하면서 나카노오에가 풍이라는 결론을 본서는 도출했다.

이어서 덴지 천황(=나카노오에)의 뒤를 이어 천황이 된 덴무(天武) 천황과 그 이후 약 100년 동안 이어진 덴무 조(朝)에 대해 서술했다. 770년에 덴무 천황의 혈통이 끊어지자 다시 덴지의 혈통이 부활하는 과정을 통해 현재 천황 가의 혈통이 백제인인 덴지 천황(나카노오에)의 혈통을 이어받았음을 논했다. 그리고 덴무 천황은 계보 상 덴지 천황의 동생으로 기록되었지만 실제로는 당시 한반도를 통일한 신라와 관계가 깊은 인물로 보고 그가 신라계였다고 추측되는 여러 증거들을 제시했다.

덴지 천황의 손자인 고닌(光仁) 천황이 즉위하면서 백제계의 혈통은 약 100년 만에 부활한다. 그의 제2부인은 백제 무령왕의 9대 후손인 다카노노니가사(高野新笠)였다. 이로써 덴무의 혈통(신라계)은 완전히 단절되었으며, 이후 일본 천황 가의 혈통은 나카노오에와 다카노노니가사로 대표되는 백제계 혈통으로 복귀한다.

백제계가 복귀하는 과정에서 일본과 신라의 정식 외교 관계가 779년에 단절된다. 다카노노니가사의 아들 간무(桓武, 737-806, 재위 781-806)가 781년 제50대 천황으로 즉위한 후로 현재까지 나카노오에, 즉 백제의 혈통이 천황 가에 흐르고 있다.

본서에서는 특히 7세기에서 8세기에 활약한 인물들이 직접 읊은 시가 수록된 일본 최고(最古)의 시가집 『만요슈(萬葉集)』에서 총 13편의 시를 선택하여 분석했다. 그 결과 역사적 사실을 보충해 주거나 뒷받침해 주는 시가 많다는 사실을 알게 되었다. 예를 들어 나카노에오 왕자가 천황으로 오르기 위해 정적을 계속 제거해 나가는 상황이나 나카노오에가 왜 오미(近江 : 현재의 시가현[滋賀県])로 천도해야만 했는지에 대한 정황이 시 속에 구체적으로 담겨 있다. 당시의 시를 통해 보충 설명이 가능해졌음을 의미한다. 이와 같이 일본의 7세기에서 8세기에 걸친 고대사 연구에 『만요슈』 연구를 병행하는 것이 바람직하다는 결론에 도달했다.

따라서 제26대 게이타이 천황 이후 일본 천황 가의 혈통은 다음과 같은 변천을 거듭했다는 결론을 얻었다.

　　　가야(게이타이, 긴메이 천황)
　→ 백제(비다쓰)
　→ 가야(스슌, 요메이, 스이코 천황)
　→ 백제(조메이, 고교쿠[사이메이], 덴지 천황)
　→ 신라(덴무 조 8명)
　→ 백제(고닌[=덴지 천황의 손자], 간무 천황)
　→ 백제(간무 천황 이후부터 현재까지)

그러므로 현재 일본 천황 가의 직접적인 혈통은 나카노오에, 즉 덴지 천황부터 시작되었다. 더욱이 나카노오에는 풍이며, 풍은 의자왕의 아들이었다는 점을 생각할 때 현재 일본 천황 가의 조상은 백제의 의자왕이라고 본다.

그림1 일본 천황 계보도

제1대 진무(神武) 천황(재위 BC660?-BC585?)~제50대 간무(桓武) 천황(재위 AD781-AD806)

대	천황이름	얼굴이미지	재위기간 (일본서기 기준)	생몰년도 (일본서기 기준)	비고
1	진무 천황 神武天皇		기원전 660년? – 기원전 585년?	기원전 711년? – 기원전 585년? 향년 127세	
2	스이제이 천황 綏靖天皇		기원전 581년? – 기원전 549년?	기원전 632년? – 기원전 549년? 향년84세	결사(欠史) 8대 중 한 명
3	안네이 천황 安寧天皇		기원전 549년? – 기원전 511년?	기원전 577년? – 기원전 511년? 향년 67세	결사 8대 중 한 명
4	이토쿠 천황 懿德天皇		기원전 510년? – 기원전 477년?	기원전 553년? – 기원전 477년? 향년 77세	결사 8대 중 한 명
5	고쇼 천황 孝昭天皇		기원전 475년? – 기원전 393년?	기원전 506년? – 기원전 393년? 향년 114세	결사 8대 중 한 명
6	고안 천황 孝安天皇		기원전 392년? – 기원전 291년?	기원전 427년? – 기원전 291년? 향년 137세	결사 8대 중 한 명
7	고레이 천황 孝靈天皇		기원전 290년? – 기원전 215년?	기원전 342년? – 기원전 215년? 향년 128세	결사 8대 중 한 명

8	고겐 천황 孝元天皇		기원전 214년? – 기원전 158년?	기원전 273년? – 기원전 158년? 향년 116세	결사 8대 중 한 명
9	가이카 천황 開化天皇		기원전 158년? – 기원전 98년?	기원전 208년? – 기원전 98년? 향년 111세	결사 8대 중 한 명
10	스진 천황 崇神天皇		기원전 97년? – 기원전 30년?	기원전 148년? – 기원전 30년? 향년 119세	
11	스이닌 천황 垂仁天皇		기원전 29년? –기원후(紀元後) 70년?	기원전 68년? – 기원후 70년? 향년 139세	
12	게이코 천황 景行天皇		기원후 71년? – 기원후 130년?	기원전 16년? – 기원후 130년? 향년 147세	
13	세이무 천황 成務天皇		131년? – 190년?	84년? – 190년? 향년 107세	
14	주아이 천황 仲哀天皇		192년? – 200년?	148년? – 200년? 향년 53세	
15	오진 천황 應神天皇		270년? – 310년?	198년? – 310년? 향년 111세	왜5왕의 '찬(讚)'으로 비정(比定)

16	닌토쿠 천황 仁德天皇		313년? - 399년?	257년? - 399년? 향년 143세	왜5왕의 '찬(讚)'으로 비정
17	리추 천황 履中天皇		400년? - 405년?	336년? - 405년? 향년 70세	왜5왕의 '찬(讚)'으로 비정
18	한제이 천황 反正天皇		406년? - 410년?	336년? - 410년? 향년 75세	왜5왕의 '진(珍)'으로 비정
19	인교 천황 允恭天皇		412년? - 453년?	376년? - 453년? 향년 78세	왜5왕의 '제(濟)'로 비정
20	안코 천황 安康天皇		453년? - 456년?	401년? - 456년? 향년 56세	왜5왕의 '흥(興)'으로 비정
21	유랴쿠 천황 雄略天皇		456년? - 479년?	418년? - 479년? 향년 62세	왜5왕의 '무(武)'로 비정
22	세이네이 천황 清寧天皇		480년? - 484년?	444년? - 484년? 향년 41세	
23	겐조 천황 顯宗天皇		485년? - 487년?	450년? - 487년? 향년 38세	

24	닌켄 천황 仁賢天皇		488년? – 498년?	449년? – 498년? 향년 50세	
25	부레쓰 천황 武烈天皇		498년? – 506년?	489년? – 506년? 향년 18세	
26	게이타이 천황 繼體天皇		507년? – 531년?	451년? – 531년? 향년 82세	
27	안칸 천황 安閑天皇		531년? – 535년?	467년? – 536년? 향년 70세	
28	센카 천황 宣化天皇		535년? – 539년?	468년? – 539년? 향년73세	
29	긴메이 천황 欽明天皇		539년? – 571년?	510년? – 571년? 향년 63세	
30	비다쓰 천황 敏達天皇		572년? – 585년?	539년? – 585년? 향년 48세	
31	요메이 천황 用明天皇		585년? – 587년?	541년? – 587년? 향년 48세	

32	스슌 천황 崇峻天皇		587년? – 592년	554년? – 592년 향년 40세	
33	스이코 천황 推古天皇		592년 – 628년	555년? – 628년 향년 75세	최초의 여성 천황
34	조메이 천황 舒明天皇		629년 – 641년	594년 – 641년 향년 49세	
35	고교쿠 천황 皇極天皇		642년 – 645년	595년 – 661년 향년 68세	여성 천황
36	고토쿠 천황 孝德天皇		645년 – 654년	597년 – 654년 향년 59세	
37	사이메이 천황 齊明天皇		655년 – 661년	595년 – 661년 향년 68세	여성 천황 *제35대 고교쿠 천황 재조(再祚)
38	덴지 천황 天智天皇		668년 – 671년	627년 – 672년 향년 46세	
39	고분 천황 弘文天皇		671년 – 672년	649년 – 672년 향년 25세	

40	덴무 천황 天武天皇		672년 – 686년	632년? – 686년 향년 56세	
41	지토 천황 持統天皇		686년 – 697년	646년 – 703년 향년 58세	여성 천황
42	몬무 천황 文武天皇		697년 – 707년	684년 – 707년 향년 25세	
43	겐메이 천황 元明天皇		707년 – 715년	662년 – 721년 향년 61세	여성 천황
44	겐쇼 천황 元正天皇		715년 – 724년	681년 – 748년 향년 69세	여성 천황
45	쇼무 천황 聖武天皇		724년 – 749년	702년 – 756년 향년 56세	
46	고켄 천황 孝謙天皇		749년 – 758년	719년 – 770년 향년 53세	여성 천황
47	준닌 천황 淳仁天皇		758년 – 764년	734년 – 765년 향년 33세	

48	쇼토쿠 천황 稱德天皇		764년 - 770년	719년 - 770년 향년 53세	여성 천황 *제46대 고켄 천황 재조(再祚)
49	고닌 천황 光仁天皇		770년 - 781년	710년 - 782년 향년 73세	*제26대 게이타이 천황 이후 역대 최고령 즉위 (62세)
50	간무 천황 桓武天皇		781년 - 806년	737년 - 806년 향년 70세	

* 위 천황 계보도는 『일본서기』와 일본 궁내청(宮内庁) 계보(http://www.kunaicho.go.jp/about/kosei/keizu.html)를 기준으로 작성하였으며, 얼굴이미지는 주로 일본 위키백과에서 따왔음.
* 6세기 전까지의 생몰년도와 재위기간은 확실하지 않아서 의문표를 곁들였음.

그림2 백제왕 계보도

제1대 온조(溫祚)왕(BC?년 ~ AD28년) ~ 제31대 의자(義慈)왕(? ~ AD660년)

대수	왕호	재위기간	생몰년도	비고
1	온조왕(溫祚王)	기원전 18년 ~ 기원후 28년	? ~ 28년	아버지는 동명성왕 고주몽, 어머니는 소서노.
2	다루왕(多婁王)	기원후 28년 ~ 77년	? ~ 77년	온조왕의 아들
3	기루왕(己婁王)	77년 ~ 128년	? ~ 128년	다루왕의 아들
4	개루왕(蓋婁王)	128년 ~ 166년	? ~ 166년	기루왕의 아들
5	초고왕(肖古王)	166년 ~ 214년	? ~ 214년	개루왕의 장남
6	구수왕(仇首王)	214년 ~ 234년	? ~ 234년	초고왕의 아들
7	사반왕(沙伴王)	234년 ~ 234년	생몰년 미상	구수왕의 장남
8	고이왕(古爾王)	234년 ~ 286년	? ~ 286년	개루왕의 차남
9	책계왕(責稽王)	286년 ~ 298년	? ~ 298년	고이왕의 아들
10	분서왕(汾西王)	298년 ~ 304년	? ~ 304년	책계왕의 아들
11	비류왕(比流王)	304년 ~ 344년	? ~ 344년	구수왕의 차남
12	계왕(契王)	344년 ~ 346년	? ~ 346년	분서왕의 아들
13	근초고왕(近肖古王)	346년 ~ 375년	? ~ 375년	비류왕의 차남
14	근구수왕(近仇首王)	375년 ~ 384년	? ~ 384년	근초고왕의 아들
15	침류왕(枕流王)	384년 ~ 385년	? ~ 385년	근구수왕의 장남
16	진사왕(辰斯王)	385년 ~ 392년	? ~ 392년	근구수왕의 차남
17	아신왕(阿莘王)	392년 ~ 405년	? ~ 405년	침류왕의 아들
18	전지왕(腆支王)	405년 ~ 420년	? ~ 420년	아신왕의 아들
19	구이신왕(久爾辛王)	420년 ~ 427년	? ~ 427년	전지왕의 아들
20	비유왕(毗有王)	427년 ~ 455년	? ~ 455년	구이신왕의 아들 또는 전지왕의 서자
21	개로왕(蓋鹵王)	455년 ~ 475년	? ~ 475년	비유왕의 아들
22	문주왕(文周王)	475년 ~ 477년	? ~ 477년	개로왕의 아들, 혹은 개로왕의 동생
23	삼근왕(三斤王)	477년 ~ 479년	465년 ~ 479년	문주왕의 아들
24	동성왕(東城王)	479년 ~ 501년	? ~ 501년	개로왕과 문주왕의 아우인 곤지(琨支)의 아들
25	무령왕(武寧王)	501년 ~ 523년	462년 ~ 523년	동성왕의 아들, 혹은 곤지의 아들
26	성왕(聖王)	523년 ~ 554년	? ~ 554년	무령왕의 아들
27	위덕왕(威德王)	554년 ~ 598년	? ~ 598년	성왕의 장남
28	혜왕(惠王)	598년 ~ 599년	? ~ 599년	성왕의 차남
29	법왕(法王)	599년 ~ 600년	? ~ 600년	혜왕의 아들
30	무왕(武王)	600년 ~ 641년	? ~ 641년	법왕의 아들, 혹은 위덕왕의 서자 또는 서손
31	의자왕(義慈王)	641년 ~ 660년	? ~ 660년	무왕의 아들

* 위 계보도는 『삼국사기』를 기준으로 작성하였음.

차 례

제3장 게이타이 천황의 정체와 그 시대

제4장 긴메이(欽明) 천황의 시대

제1장 서론

제1절 배경과 목적

일본의 천황 가(家)가 한반도에서 일본으로 건너간 왕족의 혈통을 계승했다는 것이 한국에서는 정설처럼 되어 있다. 즉 일본 천황가의 혈통은 한반도의 혈통이라는 것이고 고대 한반도의 왕국 중에서도 특히 백제의 혈통을 이어받았다고 일컬어진다. 그러나 한국에서 상식처럼 되어 있는 '일본 천황 한반도 기원설'은 그 사실을 명백히 입증할 만한 증거가 충분치 않다는 데 한계가 있었다. 상황적 증거는 많다. 현재까지 한국과 일본의 학자들 중 일부는 일본 천황이 한반도에서 건너간 한민족의 혈통이라고 주장하고 학설로도 밝힌 바 있다. 그러나 일본 천황이 고대 한반도 어느 나라의 혈통인지에 대한 직접적인 기록은 남아 있지 않아 입증되지 않고 있는 것이 실상이다. 다만 고대에는 백제와 일본이 깊은 관계를 맺고 있었으므로 막연하게 일본 천황 가는 백제의 혈통일 것이라는 논리가 한국과 일본에서 널리 퍼져있을 뿐이다.

이와 관련하여 천황의 어머니가 백제계였다는 점은 『일본서기』에 기록되어 있어 사실로 입증되었다. 2001년 12월 23일 아키히토 천황은 제50대 천황인 간무(桓武) 천황(737-806)의 생모가 무령왕의 9대 후손이었다고 언급했다.[1] 또한 고닌(光仁), 간무 천황 시대에 편찬된 『속일본기(續日本紀)』[2]에서도 확인되므로 모계 쪽으로는 현 일본 천황 가가 백제의 혈통을 이어받았다는 것이 정설로서 밝혀져 있다.

그러나 부계 쪽 혈통이 한반도에서 온 혈통이라는 것이 밝혀져야만 일본 천황 가가 명확하게 한반도 계라는 것이 증명되는 것이다.

현재까지 일본 민족 자체가 기원전 4세기 이후 한반도에서 일본으로 건너간 한반도계 도래인들과 원시 일본인들의 혼혈로 형성되었다는 논리가 일본에서 다수 연구된 바 있다. 오사카(大阪) 국립 민족학 박물관 교수인 고야마 슈조(小山修三)는 기원전 4세기 이후 약 600년 간에 걸쳐 일본 열도의 인구가 약 8만 명에서 약 60만 명으로 급증했다는 사실을 밝혔고, 그것은 대륙과 한반도에서 건너온

---

1) 조선일보, 동아일보, 중앙일보 등 한국의 주요 신문들이 2001년 12월 24일자 일간지를 통해 이 사실을 일제히 보도했다.
2) 서기 679년에서 794년까지의 천황 중심의 역사를 기록한 역사서로서 794년에 완성. 전40권. 편년체. 한문체.

'민족 대이동'이 원인이었다고 주장했다.[3] 이후 한반도에서 일본으로 건너간 도일(渡日)의 물결은 4세기 후반부터 6세기 초, 6세기 후반, 7세기 중반 등에 활발했다.[4] 한반도에서 일본으로 건너간 도래인이 급증했을 무렵의 한반도 정세를 시기별로 살펴보면 다음과 같다. 4세기 후반에는 고구려와 백제가 한강 하류 지역의 지배권을 둘러싸고 치열한 전쟁을 치렀다. 그 후 5세기 초에는 신라와 백제가 가야국에 진출하기 시작하면서 가야 땅에서 전쟁이 잦아졌고, 이때 가야국 사람들이 전란을 피해 일본으로 건너갔다.[5] 6세기 후반에는 가야가 멸망했고, 백제는 신라의 압력에 밀려 수도를 점점 남쪽으로 이동해 갔다. 이에 백제는 한성에서 웅진, 다시 부여로 옮기면서 일본과의 관계를 강화해 갔다. 고구려도 신라에 대한 경계심을 가져 일본에 사절을 보내 국교를 열었다. 이 시기에 백제와 고구려의 많은 사람들이 일본으로 건너갔다.[6] 7세기 중반에는 백제와 고구려가 신라에 의해 멸망하여 두 나라의 유민들이 일본으로 대거 건너갔다. 그러므로 이런 도일의 물결 속에서 일본에 출현한 천황 가의 혈통은 한반도 왕가의 혈통이며, 특히 가야나 백제의 혈통을 이어받았으리라는 주장이 한국과 일본 학계에서 줄기차게 거론되었다. 예를 들어 단국대 김용운 교수는 3세기 초에 가야계 왕

---

3) 渡来人登場展, 大阪府立弥生文化博物館:http://inoues.net/study/toraijin. html(검색 : 2010.12.26)

4) 역사교과서연구회 외, 『日韓交流の歴史』(明石書店, 2007), pp.39-40.

5) 상게서, p.39.

6) 상게서, p.39.

족이 일본 천황이 되었고, 4세기 말에 천황이 된 오진(應神)은 고구려에 패해서 일본으로 건너가 천황이 된 백제 왕족이라는 설 등을 주장했다.[7] 그러나 이런 주장들은 아직 주류로는 보지 않기 때문에 학계에서 거론되는 추세는 아니다.

한편 일본 내에서는 고고학적 자료를 중심으로 일본의 고대국가를 연구하는 그룹이 있다. 도시샤(同志社) 대학의 모리 고이치(森浩一) 교수를 중심으로 하는 연구 그룹은 본서에서도 거론한 제26대 게이타이 천황의 첫 번째 왕궁인 오사카 가와치(河內) 지방의 구수하 궁(樟葉宮)과 두 번째 왕궁이 된 쓰쓰키 궁(筒城宮), 그리고 세 번째 도읍이 된 오토쿠니(弟國) 등이 모두 고래로부터 백제 세력의 본거지였다고 밝혔다. 그곳은 백제가 망한 후에 백제 유민들이 대거 이주해 와 터전을 이룬 지역이며, 백제사나 백제니사 등 백제에 관련된 사찰이 다수 건립되었다는 점을 지적하면서 게이타이 천황이 백제 세력을 배경으로 천황에 올랐다고 결론을 지었다.[8] 이들은 게이타이 천황의 출신지가 백제라고 암시한 것이다. 한반도 세력이 천황 즉위와 깊은 관련이 있다고 보는 견해는 현재 일본 사학계의 주류이며, 유행처럼 많은 사학자들이 관심을 갖는 경향이다.

물론 일본 학자들을 중심으로 하여 일본 천황 가가 한반도 출신이라는 설을 부정하는 학설도 여전히 뿌리 깊다. 그 주된 이유는 일본의 가장 오래된 역사서인 『고사기(古事記)』(712년 성립)와 『일본서기

---

7) 김용운, 『천황이 된 백제의 왕자들』(한얼사, 2010), pp.168-170.
8) 森浩一他, 『古代日本と百済』(大巧社, 2003), pp.204-217.

(日本書紀)』(720년 성립)가 고대 삼한과 일본의 교류를 많이 묘사했으면서도 일본 천황의 혈통이 한반도에서 유래했다는 기록은 전혀 남기지 않았다는 것이다.

하지만 그 이유는 두 역사서가 편찬된 시기와 관계가 있다. 663년에 일본의 백제부흥운동이 실패로 끝나고 백제가 완전히 망하자 백제 유민들이 대거 일본으로 유입되었는데, 이 시기가 일본이라는 나라가 본격적으로 만들어지는 시점이었다는 사실과 밀접한 관련이 있다. 즉 한반도 내에서의 근거지를 모두 상실한 야마토(大和) 정권이 한반도와 관계를 끊고 독자적으로 일본이라는 나라를 새로이 건국하는 과정에서 『고사기』와 『일본서기』가 편찬되었던 것이다. 한반도와 선을 긋고 강력한 일본을 세우겠다는 의지에서 역사서 편찬을 실시한 일본의 왕조였으므로 당연히 한반도와 일본 천황 가의 혈통적 관계를 숨기는 방향에서 사서가 편찬되었을 가능성이 높다.[9]

『고사기』의 기록이 쇼토쿠(聖德) 태자[10]가 섭정을 했던 스이코(推

---

9) 『고사기』와 『일본서기』 편찬 당시 토대가 된 서적은 쇼토쿠 태자가 편찬했다고 전해지는 『국기(國記)』와 『천황기(天皇記)』다. 『천황기』는 645년의 을사(乙巳)정변 때 소실되었지만 『국기』는 소실을 면했다.(그러나 현재 남아 있지 않다.) 『국기』는 을사정변을 주도한 나카노오에(中大兄) 황자(=후에 덴지[天智] 천황)에게 전해졌고, 그가 서거한 후 천황에 오른 덴무(天武) 천황이 681년에 선대 덴지 천황의 두 황자에게 칙령을 내려 역대 천황들에 관한 역사서 『제기(帝紀)』를 편찬하게 했는데, 을사정변 때 소실되지 않은 『국기』를 토대로 했다. 이렇게 편찬된 『제기(帝紀)』와 각 호족들의 역사서라고 알려진 『구사(舊辭)』를 토대로 해서 『고사기』와 『일본서기』를 편찬한 것이다. (『제기』와 『구사』도 현재 남아 있지 않다.)

10) 쇼토쿠 태자(聖德太子, 574-622) : 요메이(用明) 천황의 아들로 태어나, 17조헌법

古) 천황까지이므로 『고사기』는 주로 쇼토쿠 태자가 편찬한 『국기』에 의존했다고 보인다. 그런데 『일본서기』는 스이코 천황 다음에 즉위한 조메이(舒明) 천황부터 덴무(天武) 천황과 덴무 천황의 황후였던 지토(持統) 천황의 역사까지를 기록했는데, 『고사기』와 비교하면 많은 부분의 기록을 수정했음이 확인된다. 이런 점을 감안할 때 『일본서기』는 『국기(國記)』와 『구사(舊辭)』의 기록을 바탕으로 조메이 천황부터 지토 천황까지의 기록을 추가했고, 전체적으로 수정을 가해서 편찬된 역사서라고 보인다.

『고사기』와 『일본서기』는 일본 제국주의가 1945년 8월 15일 패전으로 막을 내릴 때까지 사실상의 일본 국교였던 국가신도(國家神道)의 경전이었으므로 비판적 연구가 금기시되었다. 일본 제국주의시대 일본의 국사학자 쓰다 소키치(津田左右吉)는 『고사기』와 『일본서기』가 천황 가의 일본 통치 정당성을 높이기 위한 정치적 목적으로 8세기에 편찬되었다고 주창했다가 유죄 판결을 받았을 정도였다. 그러나 패전 후, 두 역사서에 대한 자유로운 연구가 허용되었고,

---

과 관위12체계를 만들어 중앙집권체제를 정비하고 불교를 융성케 하였다. 17조헌법의 제1조는 '화합을 가장 중요하게 여기어 서로 싸우지 말 것(和を大切にし, 人と争わないようにすること)'인데, 이 정신은 오늘날 일본 관료제도의 출발점이라 할 수 있다. 고구려승 혜자(惠慈)와 백제승 혜총(惠聰)을 스승으로 삼아 불교를 배웠으며, 호류지(法隆寺)를 비롯하여 사찰 창건에도 힘을 쏟았다. 또한 불교를 중심으로 토착 종교인 신도와 유교의 좋은 점을 취합하였는데 이를 신불유습합(神佛儒習合) 사상이라 한다. 좋은 점은 재빨리 받아들여 일본 것으로 만드는 일본인의 독특한 사상으로서 오늘날까지도 이어지고 있다. 그밖에도 일본 역사상 처음으로 공식 외교사절을 수나라에 파견하였고, 백제를 비롯하여 고대 한반도 삼국과 깊은 관련을 가진 인물이다.

천황의 만세일계설(萬世一系說)에 대해서도 비판이 가해졌다. 그런 분위기 속에서 와세다(早稲田)대학 교수 미즈노 유(水野祐)는 '3왕조 교체론'을 주장했다. 미즈노 유는 현재 스이코(推古) 천황까지 33명의 천황 중 18명의 천황이 창작된 허구의 천황이라고 주장했는데 그의 학설은 일본 내에서 수용되는 추세다.

이 같은 일본 천황 역사의 왜곡과 창작은 야마토 왕조의 위상을 높이기 위해 천황의 역사를 오래된 역사라고 왜곡시켰을 뿐만 아니라, 천황 가가 가야나 백제 왕가의 혈통을 이어받았다는 역사도 숨겼을 가능성이 높다. 그러므로 『고사기』와 『일본서기』를 토대로 한 일본 천황의 역사, 고대 한반도와 일본의 관계 등을 연구하는 작업이란 쇼토쿠 태자 등에 의해 창작되었다고 여겨지는 부분을 읽어내고 거기에서 실제 역사를 찾는 작업이라고도 할 수 있다. 본서는 이런 관점에서 출발하여 일본 천황 가가 가야와 백제의 혈통을 이어받았다는 사실을 찾아내는 데 목적을 두었다.

그런 의미에서 일본의 천황 가가 부계 혈통에서도 한반도의 혈통을 이어받았다는 증거를 제시했다. 그리고 이 같은 사실을 밝혀냄에 있어 일본에서 가장 오래된 시가집 『만요슈(萬葉集)』에서 이 글과 관련된 시가를 몇 편 선정하여 분석했다. 이 시가집에는 당시의 시대상, 역사적인 사건, 사람들이 살아가는 모습, 마음속 심경, 삶의 방식 등이 표현되어 있고, 심지어는 하고 싶은 말을 대신해서 쓴 시도 있다. 또한 당시 한반도와의 깊은 관련성이라든가 그에 관한 정치적인 암투 등도 암호처럼 숨어 있다. 이 같은 점에서 시가집『만요슈』는『고사기』나『일본서기』와는 다른 관점에서 또 하나의 역사서이며, 당시를 비춰 주는 소중한 자료라고 할 수 있다. 그러나 지금까지 학계에서는 문학작품을 통해서 역사적 사실을 찾아가는 작업은 거의 시도되지 않았다. 그런 의미에서 본서는 문학작품을 통해 사실을 찾아갔다는 점에 나름대로 의미를 두고 싶고, 이후로도 문학작품의 자료를 통한 연구가 활성화되기를 기대해 본다.

따라서 일본에서 가장 오래된 시가집인『만요슈』를 일본과 한반도의 역사서 등과 함께 연구했으며, 당시 권력의 중심에 섰던 인물들이 써서 남겨 놓은 시가를 분석해서 고대 한반도와 일본 천황 가의 관련성을 읽어냈다는 점을 밝혀 둔다. 이처럼『만요슈』를 분석한 것은『고사기』나『일본서기』에서는 읽어낼 수 없는 사실을 이 시가집을 통해서 보충하는 데 목적이 있다.

제2절 자료 수집 방법과 구성

본서를 쓰는 데 있어 자료는 주로 문헌을 중심으로 했다. 한국과 일본에서 구입한 문헌과 한국의 국립중앙도서관 소장 자료를 주로 활용했다. 경우에 따라서는 신뢰할 만한 신문이나 인터넷 자료도 활용했다.

주요 텍스트는『일본서기』이다. 전술한 바와 같이『일본서기』는 쇼토쿠 태자가 편찬한 『국기』와 각 호족들의 역사인 『구사』의 기록, 그리고 조메이 천황부터 지토 천황까지의 기록을 추가했으므로 전체적으로 『고사기』에 수정을 가하면서 편찬된 역사서라고 볼 수 있기 때문이다. 그리고 한국의 역사서 『삼국사기』도 연구에 활용했다. 다른 문헌들은 이 두 역사서에 나타난 기록을 분석, 검토, 입증하기 위해서 사용되었다.

본서의 구성과 개요는 다음과 같다.

제2장에서는 일본이 패전 후에 『고사기』와 『일본서기』에 대한 본격적인 비판이 시작되었던 점을 소개하고, 일본 천황 가의 혈통이 몇 차례 교체되었다고 하는 '일본 왕조교체론'에 대해 소개한다. 특히 미즈노 유의 '3왕조 교체설'을 논하고, 그의 학설이 일본에서 완전히 수용된 것은 아니지만 세계 2차 대전 후 일본 사학계에서 천황 가에 대한 만세일계설이 붕괴되는 결정적인 계기를 마련했다는 점에서 본서는 그의 학설의 일부, 즉 제26대 게이타이 천황 기에 일본 천황 가의 혈통의 흐름에 큰 변화가 있었다는 점을 수용하고 논의를 시작한다.

제3장에서는 미즈노 유가 언급한 제3야마토 왕조의 시조가 된 게이타이 천황의 출신에 대해 검토한다. 특히 게이타이 천황이 임나(=가야) 4현을 할양해 달라는 백제의 요청을 쉽게 수용했다고 기록된 『일본서기』의 기록 등을 분석해서 게이타이 천황의 출신을 가

야국의 어느 일국으로 추정했다.

그 외에도 게이타이 천황에 대한 각종 기록을 분석해서 그의 출신을 좁혀 나가는 작업을 한다.

그리고 『일본서기』에 기록된 일본과 가야국의 관계사를 '가야의 어느 일국 왕이면서 일본의 천황이 된 게이타이 천황'의 가야 정책을 일본 측 시각에서 기록했다는 새로운 관점을 제공한다.

제4장에서는 게이타이 천황의 적자인 긴메이(欽明) 천황과 가야국의 관계를 주로 다룬다. 특히 긴메이 천황 때 『일본서기』에 처음으로 등장한 '임나일본부', 혹은 '안라일본부'에 대해 분석한다. 아울러 제4장에서는 『일본서기』와 『삼국사기』의 「신라본기」, 「백제본기」를 비교하면서 6세기 중반의 일본과 관련된 한반도 정세를 분석한다.

제5장에서는 긴메이 천황 시대부터 힘을 갖기 시작한 호족 소가씨(蘇我氏)와 각 천황들의 관계를 살펴보면서 소가씨와의 관계에 의해 천황의 혈통에 변화가 생기는 과정을 분석한다. 특히 스이코 천황 다음에 즉위한 조메이 천황에 주목한다. 조메이 천황에게는 계보상의 황후인 다카라(寶)와 적자 나카노오에(中大兄)가 있었다. 본서는 조메이 천황과 그의 계보상의 황후인 다카라 황후(조메이 천황이 죽자, '고교쿠[皇極] 천황'으로 왕위를 이어받았다가 다시 '사이메이[齊明] 천황'으로 천황에 오름)와 백제 의자왕(義慈王)의 관계를 분석한다.

아울러 당시 일본에 가 있었다고 『일본서기』에 기록된 의자왕의 왕자 풍(豊)(부여풍[夫餘豊]이라고도 하며, 『일본서기』에서는 여풍장(余豊璋)

이라고 칭했다)과 여성 천황인 고교쿠 천황과의 관계, 그리고 고교쿠 천황의 아들인 나카노에오 왕자와 풍과의 관계를 검토한다.

제6장에서는 덴지 천황(=나카노오에)의 뒤를 이어 천황이 된 덴무 천황과 그 이후로 약 100년간 이어진 덴무 조에 대해 살펴본다. 이와 관련하여 770년에 덴무 천황의 혈통이 끊어지자 다시 덴지의 혈통이 부활하는 과정을 분석한다.

제7장에서는 본서에서 다룬 시대, 특히 주로 7세기에서 8세기에 걸쳐 활약했던 인물들이 읊었던 시가 수록된 일본에서 가장 오래된 시가집『만요슈』에서 총 13편의 시를 발췌하여 분석한다. 이에 일본의 7세기에서 8세기에 걸친 고대사 연구에는 그 시기의 주인공들이 직접 읊은 노래가 수록된『만요슈』연구를 병행하는 것이 바람직하다는 결론을 도출한다.

제2장 고분시대의 일본 왕조 교체설

   일본 천황 가는 한반도에서 일본으로 건너간 도래인들에 의해 시작되었다는 설은 한국 사학계는 물론이고, 한국 내에서는 일반적으로 받아들이는 학설이다. 그러나 일본 천황 가의 혈통이 한반도에 기원을 둔 혈통이라는 결정적 고문서가 발견된 적이 없기 때문에 아직 이 설은 가설에 머물고 있다는 것이 현실이다. 본서에서는 현재까지 한일 양국에서 주창된 천황 가 한반도 기원설 중의 몇 가지 학설을 소개하면서 일본 천황이 한반도에서 일본으로 건너간 왕족이라는 가설을 좀 더 구체화시키는 데 목적을 둔다.

   제2장에서는 특히 1952년에 일본인 학자 미즈노 유(水野祐)[11]가 주창한 '3왕조 교체설' 소개를 중심으로 논의를 진행시키고자 한다.

---

11) 미즈노 유(水野祐, 1918-2000) : 일본 와세다대학 교수. 천황은 만세일계가 아니라 스진(崇神), 닌토쿠(人德), 게이타이(繼體)의 각 왕조로 나누어졌다고 논했고, 게이타이 천황이 현대 천황 가의 시조라는 고대 왕조 교체설을 제창하여, 이후의 고대사나 천황제 연구에 큰 영향을 미쳤다. 『일본 고대왕조 역사이론 서론』, 『평석 위지왜인전』 등 저서 다수.

제1절 일본 왕조 교체설 개요

일본 왕조 교체설은 제2차 세계대전 전까지 지배적이었던 만세일계[12]라는 개념에 대한 비판을 토대로 탄생했다. 그 중 1952년에 와세다대학 교수였던 미즈노 유가 주창한 '3왕조 교체설'이 일본 왕조 교체설의 대표적인 학설이다.

그런데 미즈노의 학설에 앞서, 1948년에 에가미 나미오(江上波夫)[13]가 발표한 기마민족 정복왕조설도 넓은 의미에서의 왕조 교체설이다. 에가미는 1948년에 「일본민족=문화의 원류와 일본국가의 형성」이라는 심포지엄에서 '기마민족 정복왕조설'을 발표했다. 그 요지는 '일본에서 통일 국가가 출현한 것과 야마토(大和) 조정의 시작은 동북아의 부여계 기마민족이 세운 진(辰)왕조에 의해 4세기말에서 5세기 전반 무렵에 이루어졌다.'라고 추론해 낸 것이었다.[14] 미즈노의 학설이 스진(崇神) 천황[15]을 기점으로 하는 혈통에 주목했다는 점 등을 들어, 미즈노의 학설이 에가미 학설에서 영향을 받았다는 지적도 있다.

그리고 미즈노의 학설이 고대 천황의 비실재론에 입각했다는 점

---

12) 만세일계(万世一系) : 천황의 혈통이 끊이지 않고 초대 천황부터 현 천황까지 2000년 이상을 이어져 왔다는 설.

13) 에가미 나미오(江上波夫, 1906-2002) : 일본의 고고학자. 도쿄대학 동양문화연구소 교수 역임. 기마민족 정복왕조설을 주장.

14) 江上波夫, 『騎馬民族国家』(中央公論新書, 1967)

15) 스진(崇神) 천황 : 제10대 천황. 재위기간은 기원전 97년?-기원전 30년?.

은 쓰다 소키치(津田左右吉)[16]의 영향을 받았고, 규슈 국가의 왕이었

16) 쓰다 소키치(津田左右吉, 1873-1961) : 일본사 연구가, 와세다대학 교수 역임. 『고 사기』『일본서기』를 비판적 관점에서 연구했다.

쓰다는 만주·조선사, 『고사기』, 『일본서기』를 중점적으로 연구했는데, 처음 출간 한 저서는 1913년 발간된 『일본의 신화 시대사의 새로운 연구』이고, 이것을 더 발전시킨 저서가 1924년에 발간된 『일본의 신화 시대사의 연구』이다. 이 두 저서는 일본의 초대 천황으로 기록된 진무천황 이전의 일본의 신화 시대사를 연구의 대상으로 해서 사료를 비판한 저서들이다. 쓰다는 『고사기』나 『일본서기』 속의 신화와 관련된 부분은 후세에 현저하게 윤색을 했다고 주장하면서 엄격한 문헌 비판을 가했다. 이 방법은 쓰다가 창시자는 아니었으며 메이지 시대(1868-1912) 이후의 근대 실증주의를 일본 고대사에 적용시켜 『고사기』와 『일본서기』의 성립 과정에 대해 상당한 정도의 합리적인 설명을 시도한 측면이 크다. 메이지 이후의 근대사학에서는 역사의 재구성이 고문서, 일기 등의 동시대 사료에 의해 뒷받침되어야 한다는 원칙을 받아들여 널리 통용되었다.

그러나 이 같은 원칙을 고대사에 적용할 경우, 직접 일본 천황 가의 역사를 의심하는 것과 연결되는 탓에 금기 사항이었다. 그 금기를 처음으로 깨고 저서 속에서 근대적인 사료 비판을 전면적으로 고사기와 『일본서기』에 적용했던 학자가 쓰다였다. 그러므로 쓰다가 종전의 역사학으로부터 동떨어진 입장은 아니었지만 쓰다의 실적을 승인·이용하면서도 그 핵심 부분을 긍정하는 학설을 새롭게 쓰는 일은 피하고자 하는 태도가 기본적으로 당시 대부분의 학자들의 면모였다. 1939년에는 오히려 쓰다를 향해 '일본정신이나 동양문화 말살론에 귀착되는 악마적 허무주의의 무비흉악사상가'라는 공격이 가해졌다. 일본정부는 1940년 2월 10일에 쓰다의 『'고사기' 및 '일본서기'의 연구』, 『일본의 신화 시대사의 연구』, 『일본 상대사 연구』, 『상대 일본의 사회 및 사상』 등 4저서에 대해 발매 금지 조치를 내렸고, 같은 해 문부성의 조치에 의해 와세다대학 교수직에서 사직해야만 했다. 쓰다와 출판사 대표인 이와나미 시게오(岩波茂雄)는 출판법 위반 혐의로 기소되어 1942년 5월에 쓰다는 금고 3개월, 이와나미는 2개월, 이에 더해 두 사람 모두 집행유예 2년이라는 판결을 받았다. 쓰다는 공소했지만 1944년에 시효로 면소되었다.

제2차 세계대전 후에는 쓰다에 대한 탄압에 대해서도 재평가를 받게 되었고, 학계에서도 열광적으로 그의 학설을 받아들였다. '황국사관'을 부정하는 '쓰다사관'은 제2차 세계대전 후의 일본 역사학계의 주류가 될 정도였다. 하지만 1946년 잡지 《세카이(世界)》 제4호에 발표한 논문 「건국의 사정과 만세일계의 사상」에서는 '천황제는 시대의 변화에 따라 변화해 가고 있으므로 민주주의와 천황제는 모순이 되지 않는다.'라고 천황제 유지를 주장해 천황제 폐지 논자들로부터 '쓰다는 패전 전의

던 닌토쿠(人德) 천황이 기나이(畿內)[17]를 정복하여 왕조를 열었다는 설은 야마타이국(邪馬台國) 규슈설[18]의 발전이라고 볼 수 있는데, 일본 제국주의시대였던 2차 대전 전의 억압된 고대사 연구에서 해방되어 자유로운 발상에 의해 여러 가설들을 자유롭게 조합하게 되었으며, 그 결과에서 나온 학설이다.

미즈노의 '3왕조 교체설'은 그 후 여러 연구자에 의해 보충, 혹은 비판이 이루어졌지만 현재는 만세일계를 부정하는 학자일지라도 미즈노가 주창하듯이 완전히 다른 혈통에 의한 왕권 교체가 있었다고 주장하는 사람은 많지 않다. 미즈노는 왕조의 거점이 시대에 따라 이동했다는 점을 다른 혈통에 의한 왕조 교체의 증거로서 내세

사상이 변질되었다.'라는 비판을 받기도 했다.

쓰다의 구체적인 주장 하나하나에는 인상론적인 부분도 많아서 당연히 일부에서는 비판도 있었다. 일본사의 사카모토 타로(坂本太郎)나 이노우에 미쓰사다(井上光貞)는 쓰다의 연구가 '주관적 합리주의'에 지나지 않는다고 비판했다. 다만 사카모토나 이노우에를 비롯하여 전후의 문헌 사학자의 상당수는 쓰다의 문헌 비판의 기본적인 프레임을 받아들였고, 일반적으로 게이타이(繼體) 천황 이전의 『고사기』와 『일본서기』의 기술에는 증거력이 부족한 면도 내포되어 있다고 보았다. 쓰다는 1949년에 문화훈장을 받았다.

17) 기나이(畿內) : 나라, 교토, 오사카 지방을 가리킨다.

18) 야마타이국 규슈설 : 중국의 '위지동이전왜인조(魏志東夷傳倭人條)'에는 3세기 일본의 야마타이국에 대한 기술이 있다. 그 기록에 의하면 야마타이국은 약30개 정도의 부족국가 연합체이며 여왕 히미코(卑弥呼)가 통치하였고 위나라에 두 차례 사절을 보내 조공했다. 위나라는 히미코에 대해 친위왜왕이라는 칭호를 수여했다. 이 야마타이국의 위치가 어딘지에 대해 일본 학계에서는 여러 설이 나왔다. 가장 유력한 설이 규슈설과 야마토설이다. 규슈설이란 야마타이국이 규슈 북쪽에 존재했으며, 나라현을 중심으로 한 야마토 왕조는 이 야마타이국이 동쪽으로 이동해서 창건한 왕조라는 설이다.

웠으나 정치적 거점이 이동하는 것은 후에 간무(桓武) 천황[19] 시대 등에서도 확인되는 예이므로 반드시 권력의 교체가 있었다는 증거가 되지 못한다는 지적이 있다.

그리고 근래에는 어느 특정한 혈통이 천황의 지위를 독점적으로 계승하는, 소위 '왕조'가 확립된 것은 게이타이(繼体)·긴메이(欽明) 왕조 이후이므로 그 이전의 천황들은 혈통 관계에 의해 제도적으로 왕위 계승이 이루어지는 '왕조'의 형태가 아니었다는 견해가 일본 사학계에서는 주류를 이루고 있다.

본서에서는 미즈노 유가 제3왕조(=신왕조)라고 지적했으며 다른 많은 일본 학자들도 새로운 혈통이라는 견해를 가진 게이타이 왕조를 일본 고대사의 각종 수수께끼를 푸는 열쇠를 쥔 왕조라고 보았다. 이를 확인하기 위해서 우선 미즈노의 '3왕조 교체설'을 검토해 보겠다.

---

19) 간무(桓武) 천황(737-806) : 제50대 천황. 도읍을 원래의 헤이조쿄(平城京)에서 나가오카쿄(長岡京), 헤이안쿄(平安京) 순으로 천도했다.

제2절 미즈노 유(水野祐)의 '3왕조 교체설'

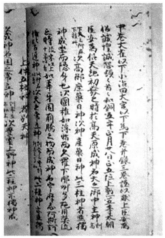

사진1. 『고사기(古事記)』 : 신대(神代) 천지의 시작부터 신화, 전설을 포함한 다양한 내용을 33대 스이코(推古) 천황 시대까지 기록한 사서. 신후쿠지(真福寺) 소장의 국보로서 현존하는 가장 오래된 필사본.

20세기 전반, 쓰다 소키치는 『고사기(古事記)』[20]와 『일본서기(日本書紀)』[21]가 천황 가의 일본 통치 정당성을 높이기 위한 정치적 목적으로 8세기에 편찬되었다고 주창하여 유죄 판결을 받았다.

그러나 일본이 태평양전쟁에 패했고 그 후 일본 내에서 『고사기』와 『일본서기』에 대한 비판이 가능해졌다. 당시의 변화하는 상황 속에서 1954년에 미즈노 유가 『일본 고대왕조 역사이론 서론(序論)』을 발표했다.

이 저서 속에서 미즈노는 『고사기』에 기록된 역대 천황들의 서거 연

---

20) 고사기(古事記) : 신대(神代)의 천지의 시작부터 신화, 전설을 포함한 다양한 내용을 33대 스이코(推古) 천황 시대까지 기록했다. 원본은 남아 있지 않고, 신후쿠지(真福寺) 소장의 국보가 현존하는 가장 오래된 필사본이며, 고승 신유(信瑜, 1333 -1382)가 1372-1373년에 제자 겐유(賢瑜)에게 고사기 3첩의 서사(書写)를 시키고 자신이 교정하여 만들었다.

21) 일본서기(日本書紀) : 신대(神代)부터 41대 지토(持統) 천황까지의 통치를 기록했으며, 일본에서 가장 오래된 정사(正史). 720년에 완성, 한문 · 편년체. 총30권. 계보도가 1권 딸려 있었으나 남아 있지 않다.

사진2. 신후쿠지(真福寺) : 1236년에 창건한 기후현(岐阜県羽島市桑原町大須2759-131)에 위치한 진언종 사찰.

사진3. 『일본서기(日本書紀)』: 신대(神代)부터 제41대 지토(持統) 천황까지의 통치를 기록한 일본에서 가장 오래된 정사(正史). 사진은 제1권 신대 상(神代上). 왕의 칙명에 의해 1597년-1603년에 당시 조선에서 전해진 동판활자를 모방하여 목판활자로 제작.

대의 간지(干支)나 천황의 일본식 시호 등을 분석한 결과, 제10대 스진(崇神) 천황부터 제33대 스이코(推古) 천황[22]에 이르는 천황들이 각각 혈통이 다른 세 그룹으로 나뉜다는 가설을 세웠다. 세 그룹은 고·중·신(古·中·新)의 3왕조로 나누어지고 세 종류의 혈통을 달리하는 왕조가 교체했다는 가설을 세운 것이다. 이것은 '만세일계'라는 종래의 개념을 뒤집을 가능성이 있는 대담한 가설이었다.

미즈노는 『고사기』 속에서 서거한 해의 간지가 기재된 천황들이 진무 천황부터 스이코 천황까지 33대의 천황들 중에 반에도 미치

---

22) 스이코(推古) 천황(554-628) : 야마타이국의 여왕 히미코를 제외하면 일본 최초의 여군주.

지 못하는 15대에 불과하다는 점에 주목했고, 그 외의 18대는 실재 인물이 아닌, 창작된 가공의 천황일 가능성을 지적했다.

필자가 살펴봐도 초대 진무천황부터 제14대 추아이(仲哀) 천황 (?-200)까지의 천황들은 실재성을 의심할 만한 인물들이 많다. 가사하라 히데히코(笠原英彦) 게이오대학 교수(1956-)도 이 같은 학설을 주장하는 학자 중 한 사람이다. 그는 저서『역대천황총람』 (2001, 주오코론사(中央公論社) 간)에서 제1대, 2대 천황에 대한『고사기』와『일본서기』의 기록은 지방의 여러 전설들을 집대성한 이야기라 했고, 천황의 업적이라고 보기에는 신빙성이 없다고 보았다.[23] 그리고 3대부터 9대까지의 천황에 대해서는 아예 업적에 관한 기술이 전혀 없으므로[24] 필자가 보기에도 그들 천황이 실재했는지에 대해서는 신빙성이 없다고 판단된다. 그리고 제12, 13, 14대 천황은 모두 일본식 시호에 다라시히코(足彦)라는 명칭이 붙어 있는데, 이 이름은 제34대 조메이 천황, 제35대 고교쿠 천황도 붙어 있으므로 12-14대 천황들은 후세의 조작된 천황으로 분류되는 경우가 많다.[25]

미즈노는 서거한 해의 간지(干支)가 기재된 15대의 천황들을 실재 천황으로 보고, 그 나머지를 제외한 천황의 계보를 새롭게 작성했다.

---

23) 笠原英彦,『歷代天皇總覽』(中央公論社, 2001), pp.3-8.
24) 상게서, pp.9-17.
25) http://ja.wikipedia.org/wiki/仲哀天皇(검색 : 2010.11.27.)

그 결과 미즈노는 제10대의 스진 천황, 제16대의 닌토쿠(人德) 천황, 제26대의 게이타이(繼體) 천황을 각각 초대로 하는 3왕조가 존재했으며, 그 3왕조는 서로 혈통이 다르게 흥망이 존재했음을 결론지었다. 즉 스진 왕조, 닌토쿠 왕조, 게이타이 왕조라는 3왕조가 존재했고, 현재의 일본 천황은 게이타이 왕조의 후예라는 설이다.

미즈노 유의 학설은 당시의 학계에서 주목은 받았지만 찬성하는 사람은 많지 않았다. 그러나 이 학설이 미친 영향은 컸고, 미즈노의 학설을 비판적으로 받아들여 발전시킨 학설들이 계속 고대사 학계에서 발표되기에 이르렀다.

이노우에 미쓰사다(井上光貞)[26]의 저서『일본국가의 기원』(이와나미[岩波]신서, 1960)을 비롯해 오카다 세이지(岡田精司)[27], 우에다 마사아키(上田正昭)[28] 등이 미즈노의 학설을 비판, 발전시킨 학설을 발표

---

26) 이노우에 미쓰사다(井上光貞, 1917-1983) : 일본의 역사학자. 도쿄대학 교수 역임. 일본의 국립역사민속박물관 초대관장. 문학사. 전문 분야는 일본 고대사. 그는 특히 정토종을 중심으로 한 불교 사상사, 율령제 이전의 국가와 천황의 기원에 관한 문제, 율령 등을 연구했다. 말년에는『일본서기』나 율령 등의 고전에 대한 주석을 썼다. 이노우에의 역사학은 실증주의적 역사학을 계승한 것으로서 일본사학 사상가 사카모토 타로(坂本太郎)를 이어받았다고 일컬어진다. 또한 막스 베버의 이론이나 쓰다 소키치의『고지기』·『일본서기』 비판을 계승하여 율령제 이전의 정치 사회 조직 연구의 기초를 닦았다.

27) 오카다 세이지(岡田精司, 1929-) : 일본 고대사학자(특히 고대 제사와 신사 연구자). 1973년「고대왕권의 제사와 신화」로 오사카(大阪)시립대학에서 박사학위 취득. 저서로는『신사의 고대사』(1985),『신편(新編) 신사의 고대사』(1992),『쿄(京)의 신사-신과 부처의 삼천백년』등. 미에(三重)대학 교수 역임.

28) 우에다 마사아키(上田正昭, 1927-2016) : 일본의 역사학자. 교토대학 교수 역임. 한국 정부에서 수교훈장 숭예장을 수여. 일본 고대사를 중심으로 신화학·민속학 등도 널리 연구하여 동아시아적 관점에서 역사를 규명하려는 저서 다수. 아키히토

하여 '왕조 교체설'은 학계에서 대거 수용하기에 이르렀다.

고대사의 학설들을 정리한 스즈키 야스타미(鈴木靖民)[29]도 '왕조 교체론'은 '고대사 연구로서는 2차 대전 후 최대의 학설'이라고 저서 『고대 국가사 연구의 걸음(古代國家史研究の歩み)』(1983)에서 평가하기도 했다. 한편 '왕조 교체설'에 대해 저서 『고대왕조 교체설 비판(古代王朝交替說批判)』(1986)으로 전면적인 비판을 가한 마에노조노 료이치(前之園亮一)[30]도 같은 저서에서 만세일계를 부정했으며 '왕조

일본 천황이 "간무 천황의 생모가 백제 무령왕의 자손이라고 속일본기(續日本紀)에 기록되어 있는데 이에 대해 한국과의 깊은 인연을 느낍니다."라고 2001년 12월에 말한 일이 화제가 되었는데, 이미 1965년 우에다는 저서에서 그 가능성에 대해 지적했다. 당시 일본의 우익 단체에 의해 '가까운 시일에 천벌을 내리겠다.', '나라의 역적은 교토대학을 떠나라'는 등의 협박전화와 편지 등을 다수 받았다. 일본 교과서에 독도에 대한 일본 영유권을 기술하는 일에 대해서 "해선 안 되는 일"이라고 발언했고, "역사는 사실을 정확히 기술하는 것이 중요하다. 이념에 입각해서 역사를 써야 한다."라고 주장했다. 2010년 한국의 국립중앙박물관에서 「단군의 건국 신화는 일본 건국 신화의 모태」라는 제목으로 학술대회가 열렸는데, 그의 논문이 매스컴에 공개되었다. 그 논문 속에서 우에다는 한일의 천신 강림 신화에는 산꼭대기에 천손이 강림하는 점 등을 비롯하여 공통점, 유사점이 많다고 주장, 다양한 사실을 검증하여 백제의 신이 일본에서 계속 그 명맥을 이어왔다고 지적했다. 또한 일본의 아마테라스의 손자 니니기가 천손강림을 했다고 하는 일본의 산봉우리 이름이 분명히 고대 조선어와 관련이 있다고 발언, 일본어의 기원이 모두 조선어라고 해석하는 견해에는 찬성할 수 없지만 천손강림 신화가 조선 신화와 공통 요소가 많다는 것은 누구라도 인정하지 않을 수 없는 사실이라고 말하기도 했다.

29) 스즈키 야스타미(鈴木靖民, 1942-) : 일본 고대사, 동북아 고대사 학자. 고쿠가쿠인(国学院)대학 문학부 사학과 교수 역임. 연구의 주된 테마로서는 조선·중국·러시아 연해 지방 등 인접 지역과의 관계를 중심으로 하는 1-10세기의 일본 왕권·국가사와 관동 및 북방·남도 지역사 등이다. 저서, 편저에는 『가야는 왜 망했을까』(1998), 『목간이 말하는 고대사』(2000), 『야마토국과 동아시아』(2002), 『왜인의 나라에서 일본으로』(2004) 등이 있다.

30) 마에노조노 료이치(前之園亮一, 1947-) : 문헌사 및 일본 고대사 연구. 교리쓰(共

교체설'이 큰 영향을 미쳤다고 그 의미를 평가하기도 했다.

미즈노 유의 '3왕조 교체설'에 대해 한국사학계에서는 거의 언급이 없고 연구도 미미하다. 필자의 조사로는 한국사학계의 일본 고대사에 대한 관심은 천황이 한반도 출신이지 않을까 라는 점과 임나일본부설 부정에 중점을 두고 있다고 보인다. 미즈노 유는 천황이 한반도 출신이라는 설을 주장하지 않았고 임나일본부에 대해서도 『일본서기』의 기술을 그대로 따랐기 때문에 전적으로 동의하기는 어려운 설이라고 여겨진다.

본서는 미즈노의 학설을 활용하여 천황의 한반도 출신설과 임나일본부에 대한 비판을 가하는 방향으로 논의를 전개한다.

제3절 미즈노 유의 '왕조 교체설'에서 거론되는 3왕조

1. 스진(崇神) 왕조

스진 천황은 『고사기』, 『일본서기』에 기록된 계보 상 제10대 천황이다. 기원전 148년에 태어났고 기원전 97년에 천황으로 즉위하여 기원전 30년에 죽은 것으로 되어 있다. 일본식 시호는 『일본서

立)여자대학 교수.

기』에는 '미마키 이리비코 이니에노 스메라미코토[31](御間城入彦五十瓊殖天皇)' 혹은 '하쓰쿠니시라스노 스메라미코토(御肇國天皇)'라고 칭한다.『고사기』에서는 '미마키 이리히코 이니에노 미코토[32](御眞木入日子印惠命)', 혹은 '하쓰쿠니 시라시시 스메라미코토(所知初國)'이다. '하쓰쿠니시라스노 스메라미코토(御肇國天皇)'나 '하쓰쿠니 시라시시 스메라미코토(所知初國)'라는 이름을 근거로 해서 현재 일본에서 학술상 실재라는 가능성을 인정할 수 있는 첫 번째 천황으로 거론된다.[33]

스진 천황의 일본식 시호에서 보이는 '하쓰쿠니 시라스'라는 말은 일본어로 '초대 국가를 통치한다.'라는 뜻이다.『일본서기』의 스진 천황 명에 나오는 '조국(肇國)'이란 한자는 '건국한다.'라는 뜻이고,『고사기』에 나오는 '소지지국(所知初國)'은 '첫 번째 나라를 알던 '천황'이라는 뜻'이다.[34] 거기에서 스진 천황이 나라를 처음 건국한 천황이라고 보는 견해가 나왔다.

아울러 계보상의 초대 천황인 진무의 일본식 시호가 '하쓰쿠니 시라스 스메라미코토(始馭天下之天皇)'라고 되어 있는 것은 스진 천황을 진무 천황에 투영시킨 후세의 조작이며 일본 왕실의 기원을

---

31) 스메라미코토 : 천황(天皇)이라고 쓰고, 고대 일본에서는 '스메라 미코토'라고 읽었다.
32) 미코토 : 명(命)이라고 쓰고, '미코토'라고 읽는다. 이 읽기는 현재도 쓰이고 있다. '마코토'는 왕족의 혈통을 가진 자의 칭호였다.
33) 笠原英彦, 전게서, p.17.
34) 吉田賢抗,『新釋漢和辭典』(明治書院, 1974), p.791.

보다 더 고대로 설정함으로써 왕실의 권위를 높이려 했던 의도가 있어 보인다.[35]

스진 천황을 시조로 하는 스진 왕조는 현재의 일본 나라현(奈良県)의 미와(三輪) 지방에 본거지를 두었다고 추측되어 '미와 왕조'라고도 불린다. 원래 미즈노 유는 이 왕조를 고왕조(古王朝)라고 칭했다. 그리고 이 왕조에 속하는 천황이나 황족에 '이리히코(入彦)', '이리히메(入姫)' 등 '이리(入)'가 붙는 이름을 가진 사람들이 많아서 '이리 왕조'라고도 불린다.

'이리'가 들어가는 인명은 스진 왕조 시대에 한정되어 있어서 후대에 주어진 일본식 시호라고 단정하기 어렵다. 스진 천황의 일본식 시호 중 하나는 전술한 바와 같이 '미마키 이리히코 이니에(御間城入彦五十瓊殖)'이고, 스진 천황의 아들인 제11대 수이닌(垂仁) 천황의 일본식 시호는 '이쿠메 이리히코 이사치(活目入彦五十狹茅)'[36]로서 모두 '이리히코'가 들어가 있다. 그 밖에도 스진 천황의 자식들 중에 '도요수키 이리히코', '도요수키 이리히메' 등이 있다.

실제로는 스진 왕조는 제10대 스진 천황과 제11대 스이닌 천황에서 막을 내린다. 왜냐하면 전술한 바와 같이 이어지는 제12대부터 제14대까지는 후세의 조작으로 보이기 때문이다. 제14대 주아이 천황의 황후이며 『일본서기』에 특별히 상세 기록된 진구(神功) 황후도 확실하지 않은 내용이 많아 조작된 이야기로 분류된다.

---

35) 상게서, p.17.
36) 笠原英彦, 전게서, p.19.

미와 지방(현재의 사쿠라이시[桜井市]와 덴리시[天理市] 등)에는 고분 시대 전기(3세기 중반~4세기 초반)에 해당되는 고분군이 다수 존재하는데 그중에는 고분의 길이 200~300m에 달하는 대형 고분이 많아서 미와 지방에 분명히 왕조가 존재했다고 판단된다.

그리고 『고사기』, 『일본서기』에서 말하듯이 스진 왕조의 천황들의 왕궁이 전술한 대형 고분이 위치한 지역과 겹친다는 사실을 고려하면 스진 천황부터 시작되는 2대에 걸친 왕조가 나라현 미와 지방을 중심으로 성립되었다는 추측이 가능하다.

그러므로 일본의 고대 국가 형성이라는 관점에서 볼 때 스진 왕조는 첫 번째 야마토(大和) 정권[37]임을 알 수 있다. 스진 왕조의 실제 성립 시기는 3세기 중반이나 3세기말 내지 4세기 전반으로 추측된다. 이 시기는 고분시대 전기에 해당되며, 형태를 갖춘 거대 고분이 다수 만들어졌다.

---

37) 야마토 정권 : 3세기부터 시작되는 고분시대에 '오오키미(大王)' 등으로 호칭된 왕들을 중심으로 몇 개의 유력 호족들이 연합해서 성립한 정치권력, 정치조직을 가리킨다. 야마토 조정, 야마토 왕권 등으로도 불린다. 중심지는 나라(奈良)였다.

그림3. 제1대 진무 천황부터 제10대 스진 천황까지 일본 천황 계보도

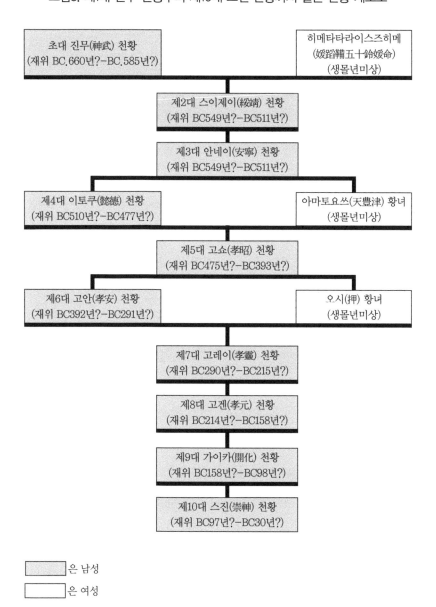

초대 진무(神武) 천황
(재위 BC.660년?-BC.585년?)

히메타타라이스즈히메
(媛蹈鞴五十鈴媛命)
(생몰년미상)

제2대 스이제이(綏靖) 천황
(재위 BC549년?-BC511년?)

제3대 안네이(安寧) 천황
(재위 BC549년?-BC511년?)

제4대 이토쿠(懿德) 천황
(재위 BC510년?-BC477년?)

아마토요쓰(天豊津) 황녀
(생몰년미상)

제5대 고쇼(孝昭) 천황
(재위 BC475년?-BC393년?)

제6대 고안(孝安) 천황
(재위 BC392년?-BC291년?)

오시(押) 황녀
(생몰년미상)

제7대 고레이(孝靈) 천황
(재위 BC290년?-BC215년?)

제8대 고겐(孝元) 천황
(재위 BC214년?-BC158년?)

제9대 가이카(開化) 천황
(재위 BC158년?-BC98년?)

제10대 스진(崇神) 천황
(재위 BC97년?-BC30년?)

은 남성
은 여성

2. 닌토쿠(仁德) 왕조

천황의 계보에는 15대에 오진(應神) 천황이 기재되어 있고, 16대에는 닌토쿠 천황이 기재되어 있다. 그런데 오진 천황과 닌토쿠 천황의 기술이 유사한 점이 많은데다 여러 모순이 지적되고 있다. 결론적으로 혈통이 다른 왕조를 일부러 연결시키기 위해 천황 한 사람을 두 사람으로 나누어 기재했다는 설이 미즈노 유의 학설이다. 그런 연유로 닌토쿠 왕조는 오진 왕조라고도 불리지만 본서에서는 이를 닌토쿠 왕조로 통일하기로 한다.

닌토쿠 왕조의 궁전과 능이 현재의 오사카(大阪) 동부에 해당되는 가와치(河內) 지방에 많아서 '닌토쿠 왕조'는 '가와치 왕조'라고도 불린다. 이 왕조에 속하는 천황이나 황족 중에는 '와케(別, 和氣 등)'라는 명칭을 가진 사람이 많아 '와케 왕조'라고도 불린다. 닌토쿠 왕조는 왕조 교체론 중에서도 중요한 위치를 차지한다. 왜냐하면 스진 왕조와 게이타이 왕조라는 2개의 왕조를 연결하는 위치에 닌토쿠 왕조가 존재하기 때문이다. 미즈노 유는 중(中)왕조로 칭했으며, 제2차 야마토(大和) 정권이라고 불리기도 하는 왕조이다.

중국의 사서인 송서(宋書)에는 닌토쿠 왕조 시기에 '왜의 5왕'[38]이 10회에 걸쳐 견사를 했다는 기록이 있다. '왜의 5왕'은 닌토쿠 왕조

---

38) 왜의 5왕의 중국 견사 : 413-502년에 걸쳐 왜왕인 찬, 진, 제, 흥, 무(讚, 珍, 済, 興, 武)가 중국에 사절을 보냈다는 내용이 『송서왜국전』 등에 기록되어 있다. 예를 들어 찬(讚)을 오진 천황 혹은 닌토쿠 천황이라고 보는 설이 있으나 확정되지 않았다.

의 천황들로 추측되므로 왕조가 실재했을 가능성이 높다. 다만 왜의 5왕[39]이 각각 닌토쿠 왕조의 어느 천황에 해당되는지에 대해서는 아직 정설이 없다.

또한 오사카의 가와치 지방에는 닌토쿠 왕조 시대의 궁전이나 대형 고분들이 다수 존재하기 때문에 닌토쿠 왕조 시대에 가와치 지방에 거대한 정치권력이 존재했다는 사실 자체를 부정하진 못한다.

닌토쿠 왕조에는 여러 가설들이 있다. 미즈노 유의 대표적인 설은 규슈의 새로운 세력이 닌토쿠 천황 시대에 나라(奈良), 교토(京都), 오사카(大阪) 지방을 정복해서 가와치 지방에 왕조 본거지를 두

---

39) 왜의 5왕 : 5세기에 중국 남조의 동진이나 송에 조공해 「왜국왕」 등에 책봉된 왜나라의 다섯 명의 왕, 즉 찬, 진, 제, 흥, 무(讚, 珍, 濟, 興, 武)를 말한다. 그들은 413-478년 사이에 적어도 9회를 중국에 조공했다. 5왕은 조공할 때마다 한반도를 지배하는 장군의 칭호를 중국 황제에게 요구했다. 예를 들면, 478년에 왜왕 무가 칭호를 요구했다. 송의 순제(順帝)는 무를 '사지절도독 왜 · 신라 · 임나 · 가야 · 진한 · 모한 육국제군사 안동 대장군왜왕(使持節都督倭 · 新羅 · 任那 · 加羅 · 秦韓 · 慕韓六国諸軍事安東大将軍倭王)'으로 임명했다. 또한 479년 무는 남제에 조공했는데 남제의 고제(高帝)는 왕조 수립과 더불어 왜왕 무를 진동대장군(鎭東大將軍)에 임명했다(『남제서』 왜국전). 502년에는 양의 무제(武帝)가 왕조 수립과 더불어 왜왕 무를 정동대장군(征東大將軍)에 임명했다(『양서』 무제기). 『일본서기』 등의 천황 계보와 5왕을 비교하여 '찬'→리추(履中) 천황, '진'→한제이(反正) 천황, '제'→인교(允恭) 천황, '흥'→안코(安康) 천황, '무'→유랴크(雄略) 천황이라는 설이 있다. 이 중 '제', '흥', '무'에 대해서는 연구자 사이에서 거의 의견 일치를 보았지만, '찬'과 '진'에 대해서는 『송서』와 『고사기』 『일본서기』의 전승에 어긋나는 점이 있어 확정하지 못한 상태이다. 다른 유력한 설로 '찬'을 닌토쿠(仁德) 천황, '진'을 한제이(反正) 천황이라고 보는 설, '찬'을 오진(應神) 천황, '진'을 닌토쿠(仁德) 천황으로 보는 설 등이 있다. 그렇지만 모두 결정적 단서나 증거가 부족하여 전체적으로 왜의 5왕의 정체에 대해서는 현재까지 불확실한 상태이다.

었다는 설이다. 한편 가도와키 데이지(門脇貞二)[40]는 가와치 평야의 개발과 왕조 성립은 신왕조가 수립되어서가 아니고, 초기 야마토 정권이었던 스진 왕조가 가와치 지방으로 진출, 이동한 것이라고 주장한다.

그리고 나오키 코지로와 오카다 세이지 등은 세토나이카이(瀬戸内海)의 해상권을 잡고 세력을 키운 가와치의 신세력이 초기의 야마토 정권인 스진 왕조를 타도하고 닌토쿠 왕조를 수립했다고 주창했다.

---

40) 가도와키 데이지(門脇禎二, 1925-2007) : 일본의 고대사학자. 『고대 국가와 천황』, 『진무 천황』, 『일본 고대 공동체 연구』, 『아쓰카(飛鳥) 그 고대사와 풍토』, 『일본 고대 정치사론』 등 다수의 저서가 있다. 나라(奈良)여자대학 교수 역임.

그림4. 제8대 고겐 천황부터 제15대 오진 천황까지 일본 천황 계보도

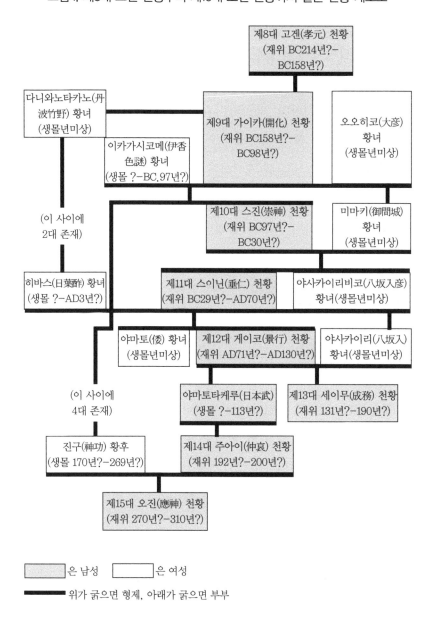

제8대 고겐(孝元) 천황
(재위 BC214년?-
BC158년?)

다니와노타카노(丹
波竹野) 황녀
(생몰년미상)

이카가시코메(伊香
色謎) 황녀
(생몰 ?-BC.97년?)

제9대 가이카(開化) 천황
(재위 BC158년?-
BC98년?)

오오히코(大彦)
황녀
(생몰년미상)

(이 사이에
2대 존재)

제10대 스진(崇神) 천황
(재위 BC97년?-
BC30년?)

미마키(御間城)
황녀
(생몰년미상)

히바스(日葉酢) 황녀
(생몰 ?-AD3년?)

제11대 스이닌(垂仁) 천황
(재위 BC29년?-AD70년?)

야사카이리비코(八坂入彦)
황녀(생몰년미상)

야마토(倭) 황녀
(생몰년미상)

제12대 게이코(景行) 천황
(재위 AD71년?-AD130년?)

야사카이리(八坂入)
황녀(생몰년미상)

(이 사이에
4대 존재)

야마토타케루(日本武)
(생몰 ?-113년?)

제13대 세이무(成務) 천황
(재위 131년?-190년?)

진구(神功) 황후
(생몰 170년?-269년?)

제14대 주아이(仲哀) 천황
(재위 192년?-200년?)

제15대 오진(應神) 천황
(재위 270년?-310년?)

⬛은 남성   ⬜은 여성

━━━ 위가 굵으면 형제, 아래가 굵으면 부부

3. 게이타이(繼體) 왕조

(1) 게이타이 천황의 출신에 대해

『일본서기』에 의하면, 게이타이의 선대인 부레쓰(武烈) 천황에게는 후손이 없어서 삼국(三國)에서 오진 천황 5대(혹은 6대) 후손인 오오도왕(男大迹王)을 맞이해 게이타이 천황으로 즉위시켰다고 기록되어 있다.[41] 그러나 이전에는 오오도왕에 대한 계도가 없으므로 오오도왕, 즉 게이타이 천황이 실제로 오진 천황의 후손인지는 정확하게 파악하지 못했다. 이 특수한 천황 즉위 사정을 둘러싸고 여러 가설들이 나왔고, 미즈노 유는 게이타이 천황은 이전의 천황들과 혈통 관계가 없는 새로운 왕조의 창시자이며 현재 천황 가의 조상이라고 주장했다.[42]

이 설은 종래의 일본 천황 만세일계설을 부정하는 것이며, 출생이 불분명한 제26대 게이타이 천황부터 시작되는 제3자 야마토 정권이 바로 새로운 천황 가가 되었다는 것이다. 게이타이는 구세력들의 저항이 강해서 약 20년간 고래로부터 천황들의 거처였던 야마토국(大和國 : 현 나라현(奈良縣))으로 들어가지 못했다고 미즈노 유는 주장한다.[43]

---

41) 井上光貞他, 『日本書紀 Ⅱ』(中公クラシックス, 2003), pp.182–184.
42) 水野祐, 『日本国家の成立』(講談社, 1968), p.120.
43) 상게서, pp.118–119.

게이타이 천황의 도읍 변천사를 『일본서기』에 의거해 연대순으로 정리해 보면 다음과 같다.

먼저 506년 2월, 오토모노 가나무라(大伴金村) 대련(大連)[44] 등에 의해 오오도왕은 가와치국(河內國) 구수하궁(樟葉宮)에서 게이타이 천황으로 즉위한다. 가와치국은 원래 오토모 씨의 세력 하에 있었으므로 오토모노 가나무라의 비호 아래 오오도왕이 천황으로 즉위했다고 미즈노는 강조한다.[45]

그 후 즉위 5년인 511년 10월에 도읍을 야마시로국(山背國)의 쓰쓰키궁(筒城宮)으로 옮겼다가 518년 3월에 오토쿠니(弟國)로 다시 옮겼고, 이어서 즉위 20년이 된 526년 9월에야 겨우 야마토국(大和國) 다마호궁(玉穗宮)으로 옮기게 된다.[46] 미즈노 유는 다음과 같은 말로 도읍 변천사를 요약한다.

(전략) 왕조 교체시기에 새로 옹립된 게이타이 천황은 일부러 구세력의 기반인 야마토 국내를 피해 자신의 옹립자 오토모 씨의 세력 범위 내인 가와치국에 도읍을 정해, 그 지역을 근거지로 삼아 새로운 세력을 축적한 다음 야마토 국내로 침입했다고 해석할 수 있다.[47]

미즈노 유뿐만 아니라 게이타이 천황 이후의 천황들은 실제로

---

44) 대련(大連) : 일어로 '오무라지'라고 읽는다. 조정의 특수 관직을 맡았던 무라지(連) 중 유력 씨족을 가리킨다. 천황과 가장 가까운 측근이었다.
45) 水野祐 ; 전게서, pp.118-119.
46) 상게서, p.118.
47) 상게서, p.120.

존재했던 천황들로 보는 학자들이 대부분이다.

(2) 게이타이 왕조의 한반도 정책에 대해

미즈노 유는 한반도 남부에 일본이 통치하던 '임나일본부'가 존재했다는 학설 쪽에 서 있다.[48] 그는 당시 백제와 신라의 남하에 대해 게이타이 왕조는 한반도의 임나에 있는 일본의 식민지를 지켜야 하는 입장이었다고 보았다.[49] 그러므로 미즈노는 임나일본부를 『일본서기』에 기록된 그대로 수용했다.

『일본서기』에 기록되어 있는 것처럼 게이타이 왕조는 결국 임나 4현을 백제에 할양했다. 그런데 미즈노는 그것을 게이타이 천황의 측근 오토모노 가나무라 대련의 실책이라고 주장한다. 게이타이 왕조는 백제와 협력해 임나를 경영하는 것이 상책이라고 생각해서 임나 4현뿐만 아니라 임나 주변의 다른 지역까지도 백제에 할양했다. 그러나 그것이 오히려 임나에 신라가 침략해 오기 쉽게 만들었다고 그는 주장한다.[50]

527년 6월에는 신라에 침략당해 빼앗긴 땅을 회복하려고 게이타이 왕조는 약 6만 명에 달하는 군대를 임나로 보내려고 했으나 신라에 이용당한 규슈 지역 이와이(磐井)의 반란으로 1년 반 이상 임

---

48) 상계서, p.121.
49) 상계서, p.121.
50) 상계서, p.122.

나를 향한 출병이 늦어지고 만다. 이후로도 게이타이 왕조는 신라에게 침략 당한 지역을 되찾으려고 했지만 백제가 가라국(伽羅國)의 항구인 다사진(多沙津)을 할양할 것을 요구해 왔고, 게이타이 왕조는 가라국의 반대에도 불구하고 다사진을 백제에게 할양해 버린다. 그 결과 가라국은 신라 편을 들어 백제와 게이타이 왕조에 대항하기 시작한다.[51]

이후 게이타이 왕조는 신하 게노(毛野)를 임나에 파견해서 신라가 탈취한 지역을 되찾으려고 했으나 실패한다. 오히려 신라에게 임나 4촌을 추가로 빼앗긴다.

신라는 일본의 실정을 이용해서 532년에 임나의 요지를 모두 합병하기에 이른다.[52] 긴메이가 천황에 오른 541년, 대련 모노노베 오코시(物部尾興)는 임나를 상실한 모든 원인이 오토모노 가나무라가 임나 4현을 백제에 할양한 데서 비롯되었다고 주장해 오토모 씨는 자리에서 물러나야만 했다.[53]

이런 식으로 미즈노 유는 한반도에 위치한 임나일본부에 대해서는 『일본서기』의 기술을 그대로 해석했다. 그가 관심을 가진 점은 바로 게이타이 천황의 왕조가 이전의 왕조와는 혈통이 다르다는 점이었으며, 임나일본부에 대해서는 별다른 의견을 갖지 않았다고 판단된다.

---

51) 상계서, pp.123-125.
52) 상계서, p.125.
53) 상계서, p.126.

그림5. 제15대 오진 천황부터 제26대 게이타이 천황까지 일본 천황 계보도

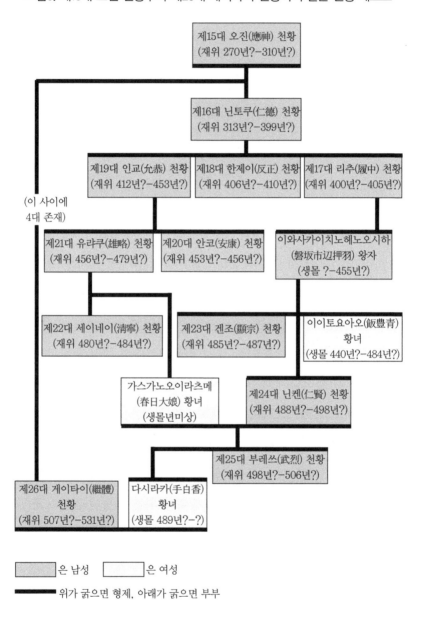

제15대 오진(應神) 천황
(재위 270년?-310년?)

제16대 닌토쿠(仁德) 천황
(재위 313년?-399년?)

제19대 인교(允恭) 천황
(재위 412년?-453년?)

제18대 한제이(反正) 천황
(재위 406년?-410년?)

제17대 리추(履中) 천황
(재위 400년?-405년?)

(이 사이에
4대 존재)

제21대 유랴쿠(雄略) 천황
(재위 456년?-479년?)

제20대 안코(安康) 천황
(재위 453년?-456년?)

이와사카이치노헤노오시하
(磐坂市辺押羽) 왕자
(생몰 ?-455년?)

제22대 세이네이(淸寧) 천황
(재위 480년?-484년?)

제23대 겐조(顯宗) 천황
(재위 485년?-487년?)

이이토요아오(飯豊青)
황녀
(생몰 440년?-484년?)

가스가노오이라츠메
(春日大娘) 황녀
(생몰년미상)

제24대 닌켄(仁賢) 천황
(재위 488년?-498년?)

제25대 부레쓰(武烈) 천황
(재위 498년?-506년?)

제26대 게이타이(繼體)
천황
(재위 507년?-531년?)

다시라카(手白香)
황녀
(생몰 489년?-?)

■■■ 은 남성　　□□□ 은 여성

━━━ 위가 굵으면 형제, 아래가 굵으면 부부

제3장 게이타이 천황의 정체와 그 시대

필자는 현재의 천황까지 이어지는 게이타이 천황의 혈통이 한반도에서 유래했다고 본다. 구체적으로 말하면 게이타이 천황의 출신은 한반도 '가야국' 중 일국이고, 백제와 매우 가까운 관계를 유지했던 나라라고 본다. 이 같은 게이타이 천황 한반도 출신설을 검증하기 위해서는 게이타이 천황의 출신에 대해 면밀히 검토해야 한다. 그러므로 우선『고사기』,『일본서기』에 기록된 게이타이 천황에 대해 검토하기로 한다.

제1절『고사기(古事記)』,『일본서기(日本書紀)』에 나타난 게이타이 천황의 출신

전술한 바와 같이『고사기』,『일본서기』에 의하면 게이타이 천황은 오진 천황의 5대(혹은 6대) 후손으로 되어 있다. 게이타이 천황은 어머니의 고향에서 태어났으며, 어렸을 때 아버지를 일찍 잃어 어머니의 고향에서 자랐다. 이름은 오오도왕(男大迹王) 혹은 오오도노미코토(袁本杼命)[54]였으며, 5세기 말경에는 일본의 에치젠(越前) 지방[55](오미[近江] 지방이라는 설도 있음)을 통치했다는 것이 현재까지의 정설이다.[56]

『일본서기』에 의하면 506년에 부레쓰(武烈) 천황이 직계 황자를 두지 못하고 죽었으므로[57] 부레쓰 천황의 측근들이 삼국(三國)에 가서 부레쓰 천황과 먼 혈연관계이던 오오도왕을 야마토 왕권의 오키미(大王=천황)로 추대했다. 천황 승계를 수락한 오오도왕은 507년에 58세로 즉위해 부레쓰 천황의 여동생을 황후로 맞이하여 게이타이 천황이 되었다.

하지만 처음에는 부레쓰 천황의 측근들이 오오도왕을 왕위 계승자로 삼을 생각이 없었다. 『일본서기』에 의하면 원래 측근들은 제14대 천황인 추아이(仲哀) 천황의 5대 후손이라고 기록된 '야마토노히코(倭彦王)'를 왕위 계승자로 정하고서 그를 모시러 갔으나 야마토노히코는 그 측근들을 보고 자신을 살해하러 온 군세라고 오해해서 도망쳐 버렸다.[58] 그러므로 오오도왕을 천황으로 맞이하겠다는 계

---

54) 『일본서기』에는 오오도왕을 '男大迹王'으로, 『고사기』에는 '袁本杼命'으로 표기했다.
55) 현재의 후쿠이현(福井県).
56) http://ja.wikipedia.org/wiki/継体天皇(검색 : 2010.11.27.)
57) 井上光貞他, 『日本書紀 II』(中公クラシックス, 2003), p.182.
58) 상게서, p.182.

획은 야마토노히코 추대가 실패로 끝난 다음에 차선책으로 추진된 일이었다. 측근들이 야마토노히코 추대 실패 후 오오도왕을 천황으로 추대하기로 새로이 결정하고 그를 모시러 갔는데 오오도왕은 그 군세를 보고 처음에는 다른 의도가 숨어 있는 것이 아닐까 의심을 품고 천황 즉위 제안을 승낙하지 않았다.[59] 측근들이 오오도왕의 지인을 보내 상세한 설명을 한 후에야 오오도왕은 겨우 천황 승계를 승낙했다. 이 같은 『일본서기』의 설명은 당시 호족들 간에 심한 대립과 싸움이 벌어졌다는 것을 암시한다.

이리하여 오오도왕은 507년 1월 12일에 현재의 오사카(大阪) 마이카타시(枚方市)에 도착했다. 이곳이 오오도왕이 첫 번째 도읍으로 정한 구스하궁(樟葉宮)이다.[60]

오오도왕은 즉위한 후에 부레쓰 천황의 측근이었던 오토모(大伴)씨와 모노노베(物部) 씨를 그대로 대련(大連, 오무라지)으로 받아들였다. 이 이야기는 혈통이 끊긴 닌토쿠 왕조가 오오도왕을 맞이해 게이타이 왕조로서 재출발했다는 설을 뒷받침해 준다. 그리고 전술한 바와 같이 오오도왕은 측근들의 의견에 따라 부레쓰 천황의 여자 형제인 다시라카(手白香) 황녀를 황후로 맞아 천황 직계와는 먼 혈통 관계를 보충했다.

이 기록은 닌토투 왕조와 게이타이 왕조를 연결시키려는 노력이 있었다는 것을 암시한다. 결국 『일본서기』에 의하면 망한 닌토쿠 왕

---

59) 상게서, p.183.
60) 상게서, p.183.

조가 게이타이 왕조로 다시 출범한 것이다. 즉 『일본서기』를 그대로 비판 없이 읽으면 게이타이 왕조는 새로 시작되었다기보다는 닌토쿠 왕조를 계승하여 출범했다고 보인다.

그런데 『일본서기』뿐만 아니라 『고사기』에도 오오도왕(=게이타이 천황)이 오진 천황의 5, 6대손이라고만 기록되어 있고, 오진 천황에서 오오도왕까지 혈통이 어떻게 이어졌는지에 대해서는 구체적인 계도를 제시하지 않았다.[61] 그런데 13세기 말경부터 14세기 초기에 작성된 『일본서기』의 주석서인 『석일본기(釋日本紀)』에 실린 『상궁기(上宮記)』 일문(逸文)이 발견되었고, 거기에 오진 천황부터 오오도왕까지의 계도가 실려 있다.[62] 『상궁기』 일문 자체의 성립 시기를 7세기 초반으로 추정하고 있으므로 720년에 성립된 『일본서기』 속의 기록, 즉 오오도왕이 오진 천황의 5, 6대손이라는 설을 뒷받침해 준다. 한편 황후로 맞이한 다시라카는 후의 긴메이(欽明) 천황을 낳았다.

위와 같은 내용이 『고사기』, 『일본서기』의 기술에 입각한 오오도왕(=게이타이 천황)의 출신에 대한 해석이다.

---

61) 상계서, p.206.
62) 상계서, p.206.

그림6. 제26대 게이타이 천황부터 제40대 덴무 천황까지 일본 천황 계보도

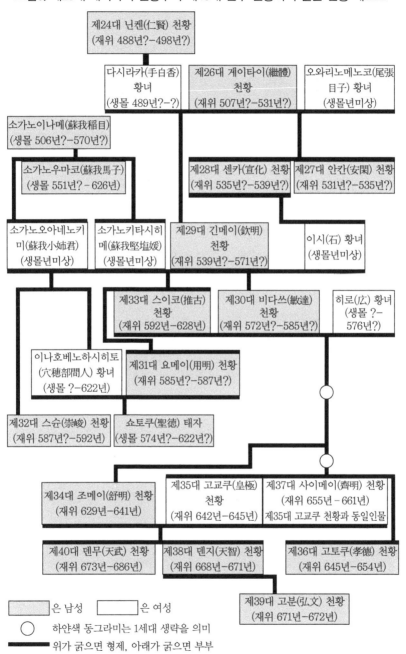

제24대 닌켄(仁賢) 천황
(재위 488년?-498년?)

다시라카(手白香)
황녀
(생몰 489년?-?)

제26대 게이타이(繼體)
천황
(재위 507년?-531년?)

오와리노메노코(尾張
目子) 황녀
(생몰년미상)

소가노이나메(蘇我稻目)
(생몰 506년?-570년?)

소가노우마코(蘇我馬子)
(생몰 551년? - 626년)

제28대 센카(宣化) 천황
(재위 535년?-539년?)

제27대 안칸(安閑) 천황
(재위 531년?-535년?)

소가노오아네노키
미(蘇我小姉君)
(생몰년미상)

소가노키타시히
메(蘇我堅塩媛)
(생몰년미상)

제29대 긴메이(欽明)
천황
(재위 539년?-571년?)

이시(石) 황녀
(생몰년미상)

제33대 스이코(推古)
천황
(재위 592년-628년)

제30대 비다쓰(敏達)
천황
(재위 572년?-585년?)

히로(広) 황녀
(생몰 ?-
576년?)

이나호베노하시히토
(穴穂部間人) 황녀
(생몰 ?-622년)

제31대 요메이(用明) 천황
(재위 585년?-587년?)

제32대 스슌(崇峻) 천황
(재위 587년?-592년?)

쇼토쿠(聖德) 태자
(생몰 574년?-622년?)

제34대 조메이(舒明) 천황
(재위 629년-641년)

제35대 고교쿠(皇極)
천황
(재위 642년-645년)

제37대 사이메이(齊明) 천황
(재위 655년-661년)
제35대 고교쿠 천황과 동일인물

제40대 덴무(天武) 천황
(재위 673년-686년)

제38대 덴지(天智) 천황
(재위 668년-671년)

제36대 고토쿠(孝德) 천황
(재위 645년-654년)

제39대 고분(弘文) 천황
(재위 671년-672년)

▨은 남성 ▢은 여성

◯ 하얀색 동그라미는 1세대 생략을 의미

▬▬ 위가 굵으면 형제, 아래가 굵으면 부부

제2절 게이타이 천황 시대의 백제와 일본

여기서는 주로 『일본서기』에 실린 게이타이 왕조 시대의 한반도 정세를 살펴보기로 한다.

『일본서기』에 의하면, 게이타이 천황 시대인 512년에 백제가 일본에 임나 4현 할양을 요구했다.[63] '임나일본부'가 실제로 존재했는지에 대한 문제는 나중에 논의하기로 하고 먼저 주목해야 할 점은 백제의 임나 4현에 대한 할양 요구를 게이타이 천황이 아주 쉽게 승낙했다는 점이다.[64] 이때 오오도왕을 게이타이 천황으로 즉위시킨 호족 오토모노 가나무라(大伴金村) 대련(大連)도 백제에 대한 임나 4현 할양에 찬성한다.

게이타이 천황 시대는 백제에 대해 게이타이 천황, 즉 오오도왕 자체가 매우 호의적인 정책을 썼으며, 그것이 임나 4현 할양이라는 기록과 본질적으로 맞닿는 내용이다.

그뿐만 아니라 게이타이 천황은 513년 11월 조정에 백제의 사미 문귀 장군, 신라의 문득치 그리고 가야의 안라국(安羅國)이나 반파국(伴跛國) 사람들을 불러 칙령을 내렸고, 가야의 기문(己汶)과 제사(帝沙)를 백제에 할양했다고 기록되어 있다.[65]

---

63) 井上光貞他, 『日本書紀 Ⅱ』(中公クラシックス, 2003), pp.187-188.
64) 상게서. p.188.
65) 상게서. p.192.

526년 게이타이 천황은 신라가 합병한 임나 지역을 회복하려고 신하 게노(毛野)에게 신라 토벌을 명했고, 게노는 약 6만 명의 군사를 이끌고 신라로 향했으나 신라의 뇌물을 받은 규슈(九州)의 이와이(磐井)가 게노의 진군을 방해하여 교전이 벌어졌다.[66] 이와이의 반란을 진압하려고 천황은 모노노베노 아라카비(物部麁鹿火)를 대장으로 한 원군을 편성했고, 아라카비는 528년에 이와이의 반란을 진압하는 데 성공한다. 그러나 이처럼 임나를 향했던 원정군이 529년까지 규슈에 머물러야만 했던 탓에 그 사이 신라는 시간을 벌게되었다.[67]

그리고 528년에는 게이타이 천황이 가라(加羅)의 다사진(多沙津)을 백제에 추가로 할양했다고 기록되어 있다.[68] 이에 가라국이 반대했으나 결국 칙령대로 다사진을 백제에 할양했다. 이에 가라국이 원한을 품고 신라와 내통한다. 게이타이 천황은 신하 게노에게 명하여 임나의 빼앗긴 땅을 회복하려고 했으나 오히려 임나 지역은 더욱 신라에게 합병되었고 게노도 죽었다.[69]

결국 게이타이 왕조는 백제에 협력해서 임나 정책을 추진하려고 했으나 신라에게 임나의 많은 땅을 침략당하면서 임나 정책은 실패로 돌아갔고, 게이타이 천황은 531년[70]에 서거했다.

---

66) 상계서, p.195.
67) 상계서, pp.196-197.
68) 상계서, p.198.
69) 상계서, pp.199-205.
70) 게이타이 천황의 서거 : 『일본서기』는 531년, 『고사기』는 527년 등 여러 설이 있다.

위와 같은 오오도왕, 즉 게이타이 천황의 백제와 임나에 대한 태도를 볼 때 오오도왕은 백제와 매우 가까운 관계였으며 임나 4현을 마음대로 백제에 할양할 수 있는 인물이었다. 당시 일본이 임나를 식민지로 지배했기 때문에 백제에 임나 4현 할양이 가능했다는 논의는 임나일본부를 인정하는 입장의 학설이다. 그러나 본서는 오오도왕, 즉 게이타이 천황 자체가 원래 임나(가야) 지역의 왕이었으므로 백제에게 임나 4현을 할양해 주었으며, 임나 지역의 할양이 가능했다고 본다. 또한 『일본서기』에 게이타이 천황 시대에는 임나일본부라는 말이 아직 사용되지 않았다는 점에도 주목할 필요가 있다.

필자는 그 이유를 다음과 같이 생각한다. 오오도왕은 일본의 천황이자 임나의 일국(一國) 왕이기도 했다. 그러므로 임나일본부를 따로 둘 필요가 없었다. 그럴 경우 오오도왕은 당시 일본과 임나를 자유로이 왕래했으리라고 추론할 수 있다. 임나일본부라는 명칭이 처음 등장한 것은 오오도왕의 적자 긴메이 천황 시대였다. 그때는 긴메이 천황이 일본에 정착해 일본 천황으로서 자리를 잡고 한반도 임나에는 연락사무소를 두었으므로 임나일본부라는 명칭이 생겼다고 본다. 이와 같은 가설들을 입증하기 위한 논의를 진행시키고자 한다.

미즈노 유는 527년 설을 지지했다.

제3절 오오도왕(게이타이 천황)에 대한 일본 학자들의 견해

지금까지 주로 『일본서기』에 기재된 오오도왕과 그의 임나일본부 정책에 대해 분석했고, 필자 나름대로의 오오도왕에 대한 견해를 밝혔다.

이 항목에서는 왕조교체설을 비판하면서 학계에서 어느 정도 검증된 일본 학자들의 게이타이 천황의 출신과 임나일본부에 대한 견해를 살펴보기로 한다. 대표적인 일본 학자는 이노우에 미쓰사다(井上光貞)와 우에다 마사아키(上田正昭)다.

1. 이노우에 미쓰사다(井上光貞)의 견해

도쿄대학 교수를 역임한 이노우에 미쓰사다는 게이타이 왕조를 논할 때 우선 오오도왕을 게이타이 천황으로 즉위시킨 오토모(大伴) 씨와 모노노베(物部) 씨에 주목했다. 그는 이 두 씨족이 사실상 게이타이 천황 시대에 대두했는데, 그때까지의 천황 측근들과는 달리 야마토(大和) 지방을 근거지로 하지 않았으며, 군사적 성격이 강한 씨족이었다고 분석했다.[71]

그리고 모노노베 씨 중에는 임나 지방에 파견된 장군이나 사절

---

71) 井上光貞, 『日本古代国家の研究』(경인문화사 영인본, 1986), p.584.

들이 많았고 게이타이 천황의 적자인 긴메이 천황 시대에 도일한 백제 관인들 중에는 모노노베 성을 가진 사람들이 많았다는 데 이노오에는 주목한다.[72] 모노노베 성을 가진 한인들에 대해 그는 임나로 파견된 모노노베 씨 사람들과 한인 사이에 태어난 사람들이라고 주장한다.[73] 결론적으로 오토모 씨와 모노노베 씨는 게이타이 천황 시대에 크게 대두하였고, 이들은 한반도와 관계가 깊은 씨족이었음을 파악할 수 있다. 필자는 오토모 씨와 모노노베 씨가 가야계, 혹은 백제계 씨족이었기 때문에 임나 지방에 자주 파견되었다고 본다.

오오도왕의 옹립에 대해 이노우에는 에치젠(越前) 지방 호족의 왕이었던 오오도왕이 중앙의 야마토 조정에 반란을 일으켜 왕위를 약탈했다고 주장한다.[74] 『고사기』에서는 오오도왕이 오진 천황의 5대손이라고 되어 있지만 『일본서기』에는 6대손으로 기재되어 있다는 점을 거론하면서 그는 오진 천황에서 오오도왕까지의 혈통이 확실치 않다는 점을 들어 오오도왕은 그때까지의 천황들과 혈통적으로 아무런 관계가 없다고 주장했다.[75] 이노우에는 미즈노 유처럼 오오도왕이 이전의 천황 가와 전혀 혈통적인 관계가 없다고 했고, 오오도왕의 출신지를 에치젠 미쿠니(三國=삼국)라고 주장했다. 그

---

72) 상게서, p.584.
73) 상게서, p.584.
74) 상게서, p.586.
75) 상게서, p.586.

런데 전술한 바와 같이 『일본서기』에는 오오도왕의 출신지라고 기록되어 있는 '삼국'이 에치젠의 미쿠니라는 명기가 없다. 이 부분을 좀 더 깊이 파고들어 가지 않은 것이 이노우에의 한계라고 단정한다.

이노우에는 규슈 북부의 쓰쿠시(筑紫) 문화는 한반도에서 많은 영향을 받았는데, 특히 5세기 중반 이후 묘제(墓制)에서는 한반도의 영향을 강하게 받았다고 했다. 이러한 문화는 규슈 북부에서 야마토 지방으로 이동했고, 당시의 한반도 문화를 그대로 답습했다고 주장했다.[76] 묘제 중에서도 횡혈식(橫穴式) 석실은 한반도와 판박이라고 이노우에는 강조했다.[77]

이노우에는 일본의 임나에 대한 경영은 5세기 중반에 파탄이 일어나기 시작했고 520년대에는 위기 상황에 이르렀다고 지적하면서 그 요인은 한반도 내 각국의 성장에 있었다는 입장을 피력했다. 그러나 임나를 일본이 경영했다는 입장은 『일본서기』의 내용과 차이가 없다.

2. 우에다 마사아키(上田正昭)의 견해

교토대학 교수를 역임한 우에다 마사아키는 오오도왕이 에치젠의 미쿠니 출신의 지방 호족이라고 주장했지만 혈통적으로 오진 천

---

76) 상게서, p.587.
77) 상게서, p.587.

황에서 연결되었다는 『일본서기』의 주장을 부정하지는 않았다.[78] 우에다는 5세기 후반부터 6세기에 걸쳐 중앙 권력에 대한 지방 수장들의 반발이 점차 격화되었다면서,[79] 지방의 왕이었던 오오도왕의 즉위는 당시의 상황을 반영한 것임을 암시했다.

그는 512년의 임나 4현 할양이나 신라에 의한 임나 지방의 합병 등을 『일본서기』에 따라 기재했다.[80] 그러므로 오오도왕의 출신지나 당시의 한반도 정세에 대한 우에다 마사아키의 견해도 미즈노 유나 이노우에 미쓰사다와 차이가 없다.

우에다는 게이타이 천황이 서거한 해에 대한 여러 설을 내세웠는데, 이 부분도 미즈노 유의 주장을 받아들이는 입장을 취했다.[81]

제4절 『삼국사기』를 통해 본 6세기 초반의 신라 · 백제 · 가야 · 일본 관계

여기서는 『삼국사기』를 인용하면서 6세기 초반, 즉 일본에서 주로 게이타이 천황 시대에 해당하는 기간을 살펴보고자 한다. 그 이유는 『일본서기』와 『삼국사기』의 공통점을 찾아내기 위해서라는 것

---

78) 上田正昭, 『帰化人』(中央公論社, 1965), p.102.
79) 상게서, p.103.
80) 상게서, p.104.
81) 상게서, pp.105-106.

을 밝혀 둔다.

『삼국사기』 중의 「신라본기」 제4 법흥왕(法興王) 조를 보면 법흥왕 9년(522)에 다음과 같은 기록이 나와 있다.

　　3월에 가야국왕(加倻國王)이 사신을 파견하여 혼인을 청하므로 왕은 이손비조부(伊飡比助夫)의 여동생을 보냈다.[82]

『일본서기』에는 위의 『삼국사기』의 기록과 똑같은 내용이 528년의 사건으로서 기록되어 있다. 전술한 바와 같이 게이타이 왕조가 가라국의 다사진 항을 백제에 할양한 것에 원한을 품은 가라국(대가야=고령가야)은 신라와 내통했다. 가라국 왕은 신라왕에게 혼인을 청했고 신라왕은 딸을 가라국에 보냈다.[83] 그런데 그 후 혼인이 실패로 돌아갔고, 신라는 그에 대한 화풀이로 가라국의 여러 성을 공격했다.[84] 이런 내용이 『일본서기』에 상세하게 나와 있다. 『삼국사기』에 비해 『일본서기』 쪽이 훨씬 상세하게 기록되어 있다는 것을 알 수 있다. 그러나 금관가야(金官伽倻)의 멸망 기록이 『일본서기』에는 없으며, 『삼국사기』에만 아래와 같이 법흥왕 19년(532)의 사건으로 기록되어 있다.

　　19년(532)에 금관국주(가락국왕)인 김구해(金仇亥=구위왕)가 왕비 및

---

82) 김종권 역, 『완역 『삼국사기』』(광조출판사, 1976), p.63.
83) 전게서, 『日本書紀 Ⅱ』, p.198.
84) 상게서, pp.198-199.

세 아들, 즉 장남 노종(奴宗), 중남(仲男) 무덕(武德), 이남(李男) 무력(武力)과 더불어 국탕보물(國帑寶物)을 가지고 와서 항복하므로 왕은 이를 예로써 대우하고 상등의 벼슬을 주고 본국을 그의 식읍으로 삼았는데 그의 아들 중 무덕(김유신의 조부)은 벼슬이 각우(角干: 일등관명)에 이르렀다.[85]

금관가야의 멸망 기록이 『일본서기』에 기재되지 않은 것은 『일본서기』는 원래 금관가야의 멸망을 기록한 「신라본기」를 인용하지 않았다고 본다. 『일본서기』는 주로 「백제기」와 「백제본기」를 인용했기 때문이다.

일본의 게이타이 왕조 시대가 백제에서는 무령왕 시대와 성왕 시대 초기와 겹친다. 그러나 『삼국사기』의 「백제본기」 제4 무령왕 조와 성왕 조 초기 기록에는 백제와 일본의 관계뿐만 아니라 백제와 가야(임나)의 관계에 관해서도 전혀 기록이 없다.[86] 그러므로 이 시기의 일본과 임나에 관한 기록이 『삼국사기』에 나와 있지 않다는 것에서 한국 측에서 임나일본부를 부정하는 근거가 되고 있다.

다만 『삼국사기』에서 무령왕의 이름을 사마(斯麻)라고 기록한 점은 『일본서기』와 같다.[87] 그리고 무령왕의 모습을 다음과 같이 묘사한 부분은 『일본서기』에서 오오도왕을 묘사한 부분과 일맥상통하는 내용이어서 주목할 만하다.

---

85) 전게서, 『완역 『삼국사기』』, p.65.
86) 상게서, pp.431-433.
87) 상게서, p.431.

무령왕은 (중략) 키가 8척이고 용모가 아름다웠으며 성품이 인자하고 관대하여 민심이 잘 귀부(歸附)하였는데 (후략).[88]

즉 무령왕은 성품이 관대하고 인자할 뿐만 아니라 외모가 뛰어나 마치 그림과 같았고, 백성들도 잘 따랐다는 기록이다. 한편 오오도왕에 대한 『일본서기』의 기록에서 묘사된 내용은 다음과 같다.

(전략) 왕을 삼국으로 모시러 갔다. 사절이 병비를 굳게 하여 위의(威儀)를 갖추고 선도자를 앞세워 갑자기 도착했는데도 오오도왕은 신하들을 정렬시키고 태연하게 책상다리를 하고 앉아 있었는데 이미 제왕과 같은 모습이었다.[89]

오오도왕은 병비를 갖추고 갑자기 찾아온 야마토 왕조의 군사들을 보고도 전혀 놀라지 않았고, 제왕처럼 품위 있고 당당한 모습으로 그들을 맞이하였다. 같은 시대를 살았던 무령왕과 오오도왕은 품위 있고 위풍당당했는데, 이 둘은 그 부분이 서로 닮았다.

『일본서기』에는 임나에 대한 많은 기록이 남아 있으나 『삼국사기』에는 임나에 관한 기록이 없고 다만 가라국이 신라에 혼인을 청한 내용과 금관가야가 신라에 항복한 기록만이 남아 있다. 그리고 『일본서기』와 「백제본기」 두 사서 모두 무령왕의 이름이 사마왕이라

---

88) 상계서, p.431.
89) 전계서, 『日本書紀 II』, pp.182–183.

고 동일하게 기록되어 있으며, 『일본서기』와 『삼국사기』 두 사서의 기록에 무령왕과 오오도왕의 풍모가 비슷하다는 점에서 동시대 일본과 백제의 두 왕에 대한 공통점을 유추해 보는 단서가 되었다.

제5절 게이타이 왕조와 당시의 임나정책에 대한 새로운 가설

필자는 게이타이 왕조 시대에 일본의 임나정책이 유독 『일본서기』에만 많은 내용이 기록된 이유와 오오도왕의 정체에 대해 다음과 같은 가설을 세워서 해결하고자 한다.

〈가설〉
① 오오도왕의 출신 자체가 가야의 일국(一國)이라고 본다.

② 오오도왕은 가야의 일국 출신이었으나 일본 측의 요청에 의해 일본 천황으로 즉위했다.

③ 오오도왕은 일본 천황이지만 백제에 할양한 임나 지역을 원래 통치하고 있었다. 그러므로 백제에 자국의 영토를 할양할 수 있는 위치였다. 그가 백제에게 임나의 여러 지역을 할양한 것은 백제와 힘을 합쳐 가야(임나) 지역을 신라의 압박에서 지키려고 한 의도였다.

④ 오오도왕의 임나정책에 관한『일본서기』의 기록은 가야(임나)의 왕이자 일본 천황이 된 오오도왕(=게이타이 천황) 시대의 역사를 일본을 중심으로 기록해서 마치 일본 왕가가 가야(임나)를 지배한 것처럼 왜곡시킨 설이라고 볼 수 있다. 사실은 가야의 일국 왕이 백제와 협력해서 가야지방 전체를 지키려고 한 것이었다. 오히려 오오도왕 시대의 일본은 가야의 분국이었다고 판단된다.

아울러 필자가 오오도왕의 출신지를 가야의 왕가로 보는 근거는 다음과 같다.

① 오오도왕이 일본 천황으로 즉위하기 이전의『일본서기』에 나오는 가야(임나)관련 기록은 다분히 신화적이어서 현실성이 결여되어 있다. 예를 들어 진구(神功) 황후의 삼한토벌 일화는 진구 황후의 선단이 일으킨 동해의 큰 파도가 신라 곳곳에 미쳐 신라왕이 이에 놀라 일본에 백기를 들고 항복했으며, 이에 고구려와 백제까지 일본 천황에게 항복했다[90]고 기록되어 있다. 그런데 동해의 파도가 신라 곳곳에 미쳤다는 이야기는 사실성이 희박하다. 그러나 오오도왕 때의 임나 4현 할양이나 기타 임나 지역의 백제에 대한 할양 이야기는 가야(임나)가 멸망하는 실제 과정과 일치하며 구체성이 있으므로 픽션으로만 취급하기 어렵다. 그러므로 가야(임나) 지방이 신라와 백제에 의해 멸망하는 실제 과정과 이에 대해 본래 가야의 왕

---

90) 井上光貞他,『日本書紀Ⅰ』(中公クラシックス, 2003), pp.284-287.

이었던 게이타이 천황이 관여했음을 밝히면 임나일본부에 대한 한
일 양국의 논쟁이 종식될 가능성이 있다.

②『일본서기』에는 오토모노 가나무라 등이 오오도왕이 사는 삼
국(三國)에 가서 천황 즉위를 설득했다고 기록되어 있다.[91]『고사
기』나『일본서기』원문에는 '삼국'이 어디인지 상세하게 나와 있지
않다. 그러나 일본사학계는 '삼국'을 현재의 '후쿠이현(福井県) 사카
이시(坂井市) 미쿠니초(三國町)'라고 근거를 찾지 못한 채 단정했고,
현재까지 이 해석이 정설로 되어 있는 듯하다.[92]

그러나『일본서기』원문에는 오오도왕의 원래의 거주지를 '삼국
판중정(三國坂中井)[93]'이라고 되어 있다. 이 원문을 그대로 읽으면 후
쿠이현이라는 말이 아니고 그저 '삼국의 판중정'이라고만 기록한
것이다. '삼국의 판중정'은 일본어 발음으로 '미쿠니의 사카나이'가
된다. 결코 '후쿠이현' 사카이(시)의 미쿠니(초)라고는 읽을 수 없다.

오오도왕의 출신지를 에치젠(越前)으로 하는 근거는 바로『일본
서기』에 나오는 오오도왕의 원래의 거주지 '삼국의 판중정'을 현재
의 후쿠이현, 즉 일본의 옛 지명인 에치젠(越前)이라고 해석했기 때
문이다.

---

91) 正宗敦夫編,『日本古典全集 第138卷－日本書紀 第17卷』(국립중앙도서관 소장,
　　1925－1944), p.234.
92) 전게서,『日本書紀Ⅱ』, p.181.
93) 전게서,『日本古典全集 第138卷－日本書紀 第17卷』, p.233.

오오도왕의 출신지가 애매모호한 데 비해 오오도왕의 아버지 히코우시왕(彦主人王)이 오오도왕의 어머니이자 자신의 부인이 될 후루히메(振姬)를 맞이하기 위해 '삼국'으로 사람을 보냈을 때의 거점, 즉 히코우시왕의 별장이 있던 장소에 대해서는 '오미국 다카시마군 미오(近江国高島郡三尾)'라고 『일본서기』 원문에 상세히 기록되어 있다.[94] 이 장소는 현재의 '시가현 다카시마군 다카시마초(滋賀県高島郡高島町)'에 해당된다.

그러나 오오도왕의 어머니 후루히메의 출신지이며 그 후 오오도왕이 자란 '삼국의 판중정'에 대해서는 『일본서기』와 『고사기』에 상세한 지명을 밝혀 놓지 않았다. 일본사학계는 이 장소를 일본 내의 장소로 해석했다. 그래서 일본사학계로서는 오오도왕의 출신지를 에치젠 혹은 오미국으로 정했을 것이다. 그런 탓에 오오도왕의 출신지에 대한 해석들이 정확하다고 보기 어렵다.

필자는 '삼국'을 '삼한'과 같은 개념으로 본다. 이 경우 '삼국'이란 백제, 신라, 가야 3국을 뜻할 수도 있겠지만 오히려 가야국 중의 주요 3국이라고 판단된다. 오오도왕의 출신지 '삼국'을 가야의 주요 3국(아마도 금관가야, 대가라, 안라국〈=아라가야〉)이라고 해석하면 범위가 넓어서 해석이 불가능하다는 비판이 나올 수도 있다. 하지만 서기 645년 일본의 을사(乙巳)정변 때도 '삼한'에서 사절이 왔다[95]라는 애매모호한 표현을 사용했다. 그러므로 여기서도 오오도왕의 실

---

94) 상게서, p.233.
95) 井上光貞他, 『日本書紀Ⅲ』(中公クラシックス, 2003), p.88.

사진4. 제26대 게이타이(継体) 천황릉인 이마시로즈카(今城塚) 고분 : 오사카부 다카쓰키시 군 게신마치(大阪府 高槻市 郡家新町)에 소재하며 6세기 전반에 조영된 최대급 고분.

제 출신지를 애매모호하게 만들어서 한반도에서 온 인물임을 숨기려는 의도가 『일본서기』 편찬 시에 작용했다고 봐야 한다. 왜냐하면 『일본서기』의 편찬시기(672-720)는 백제가 멸망하고(660년) 일본이 한반도에서 철수하면서 본격적으로 일본이라는 국가를 건설하기 시작한 시기였으므로 일본과 한반도와의 관계, 특히 혈통적인 관계가 드러나는 기록을 가능하면 숨겼을 것임을 추측할 수 있다. 즉 오오도왕은 백제로 합병된 가야의 일국 출신이라고 추측하는데 큰 무리가 없다고 본다.

그리고 일본 학자들 중에는 '삼국'이라는 지명은 '어국(御國)'에 유래한다고 주장하는 학자들이 있다.[96] '삼국'과 '어국'이 일본 발음으로는 모두 '미쿠니'로 읽으므로 원래 '어국'이었던 명칭이 '삼국'으로 변했다는 견해이다. 그렇다면 오토모 씨 등은 오오도왕을 천황으로 즉위시키기 위해 그를 '어국'으로 모시러 갔다는 이야기가 된다. 당

---

96) 森浩一, 『古代日本と百済』(大巧社, 2003), pp.213-215.

시 일본과 한반도 남부의 밀접한 관계에서 볼 때 '어국'이란 충분히 백제나 가야국으로 해석할 수 있다.

③『일본서기』제15권 부레쓰 천황 기에는 백제의 무령왕(武寧王) 이 일본의 어느 섬에서 태어났다는 기록이 있다.[97] 내용은 다음과 같다.

『백제신찬(百濟新撰)』에 의하면 말다왕(末多王)은 무도하여 백성을 괴롭히고 있었다. 나라 사람들은 마침내 왕을 제거하고 무령왕을 왕으로 세웠다. 이름은 사마왕(斯麻王)이라고 한다. 이는 백제 곤지(琨支) 왕자의 아들이다. 즉 말다왕의 이복형이다. 곤지는 가족이 왜(倭)로 선너 왔다. 그때 축시도(筑柴島)에 이르러 사마왕을 낳았다. 그 섬에서 도읍으로 왔다. 도읍에 이르기 전에 섬에서 태어났으므로 '사마(斯麻, 일본 발음으로는 시마[=섬])'라고 이름을 붙인 것이다. (후략)[98]

이 기록에 의하면 무령왕의 이름은 섬에서 태어난 사마왕(斯麻 王),[99] 즉 섬왕이었다는 것을 알 수 있다.

사마왕이 무령왕을 지칭하는 이름이라는 것은 전술한 바와 같이 『삼국사기』에도 나오는데, 1971년에 발견된 무령왕릉에서 발굴된 무령왕의 묘지(墓誌)에서도 입증되었다. 무령왕 묘지(墓誌) 지석의

---

97) 전게서,『日本書紀Ⅱ』, pp.177-178.

98) 상게서, pp.177-178.

99) 사마(斯麻)는 일본어 발음으로는 시마(島), 즉 섬이 된다.

명문에 다음과 같이 기재되어 있다.

'영동(寧東)대장군 백제 사마왕(斯麻王) 년62세 계묘(癸卯)년 5월 병무(丙戌) 7일 임진(壬辰) 붕(崩)'[100]

(지석 원문 : 寧東大將軍 百濟斯麻王 年六十二歲 癸卯年五月 丙戌朔 七日壬辰崩到乙巳年八月 癸酉朔十二日 甲申 安厝登冠大墓立志如左)

무령왕, 즉 사마왕이 계묘(523)년 5월 7일에 62세로 붕어하였고, 을사년(525년) 8월 12일 관례에 따라 대묘에 안장했다는 기록이다. 무령왕의 사망년도는 묘지석과 『삼국사기』, 『일본서기』 모두 523년 5월 7일로 일치하며, 출생년도 또한 『일본서기』와 『삼국사기』에 462년으로 기록되어 있고 묘지석에 62세에 서거했다고 쓰여 있으니 생몰년도 모두 일치한다.

무령왕릉은 일제강점기를 통해 도굴되지 않은 몇 안 되는 고분이며 왕의 지석이 출토된 고분도 삼국시대를 통틀어 유일무이하다.

1930년대 일제가 공주 송산리고분군을 조사하면서 무령왕릉을 제6호 벽돌무덤의 현무릉(玄武陵)이라고 인식하여 관심을 끌지 않았다. 그런 연유로 무령왕릉은 도굴과 같은 인위적 피해는 물론이고 붕괴 같은 피해도 없이 완전하게 보존된 상태로 조사, 발굴되었다. 1971년 제6호분의 벽돌무덤 내부에 스며드는 유입수를 막기 위해 뒤쪽에 빗물이 흘러갈 수 있게 배수로를 파다가 인부의 곡괭

---

100) 전게서, 『日本書紀 II』, p.179.

사진5. 공주 무령왕릉 입구.

사진6. 무령왕릉 지석(誌石) 앞면.

사진7. 무령왕릉 지석(誌石) 뒷면.

이에 벽돌이 걸려 나왔고 벽돌을 확인해 보니 벽돌무덤의 입구가
나타나 우연히 발견되었다. 송산리고분군 내 무령왕릉은 제7호분
으로 분류되어 있으나, 백제 제25대 무령왕(재위 501-523)이라는 지
석(誌石)을 통해 피장자가 명확히 확인된 무덤이므로 무령왕릉(武寧

王陵)이라고 지정되었다.

한편 일본의 스다 하치만 신사(隅田八幡神社)[101] 소장 일본국보「인물화상경(人物画像鏡)」이라는 동경의 명문에는 다음과 같이 새겨져 있다.

'대왕년(大王年) 계미년(癸未年) 8월 10일에 사마(斯麻)는 오시사카노궁(意紫沙加宮)에 있는 남제왕(男弟王)의 장수를 기원하기 위해 계중비직 예인 금주리와 또 한 사람을 시켜 양질의 백동 2백한(旱)으로 이 거울을 만들었다.'[102]

이 명문 내용에 대해 한일 양국에서 연구했는데, 그 내용에 대해서는 소진철(蘇鎭轍) 교수의 저서에 상세히 실려 있다.[103] 소진철 교수는 이 명문에 나오는 계미년(癸未年)을 503년, 즉『일본서기』나『삼국사기』상 무령왕의 즉위 2년이며, 사마는 무령왕이고, 남제왕(男弟王)의 일본어 발음은 오오도왕이므로, 즉 게이타이 천황을 뜻한다고 논했다.[104]

503년은 오오도왕이 게이타이 천황으로 즉위하기 3년 전이다. 그러므로 아직 이름을 오오도왕이라고 불리던 시기이다.

---

101) 隅田八幡神社 : 와카야마현 하시모토시 스미다초 다루이(和歌山県 橋本市 隅田町 垂井) 622 소재의 신사.
102) 원문 : 癸未年 八月日十六 王年 男弟王 在意紫沙加宮 斯麻念長 奉遣開中費直 穢人今州利二人等 取白上同 二百旱 作此竟.
103) 소진철,『백제 무령왕의 세계』(주류성출판사, 2008), pp.23~58.
104) 상게서, p.55.

사진8. 스다 하치만 신사(隅田八幡神社).

사진9. 인물화상경(人物画像鏡).
스다 하치만 신사 소장.

사진10. 청동신수경(靑銅神獸鏡).
무령왕릉 출토 동경 중 하나.

이런 기록은 오오도왕이 백제 무령왕과 매우 깊은 관계였다는 것을 증명한다. 두 사람의 관계는 무령왕이 오오도왕을 남동생왕(男弟王)이라고 부를 만큼 친밀한 관계였음을 보여 주는데, 그 증거가 바로 「인물화상경」의 명문이다. 이 동경에는 말을 탄 백제왕과 신하들의 인물화가 선명하게 부각되어 있다. 사람 그림이 새겨져 있어 '인물화상경'라고 부른다.

이런 사실들은 무령왕이 동생이라고 부른 오오도왕이 일본 천황이 되었다는 설을 강력히 지지하고 있다. 오오도왕은 가야지방과 일본 사이를 왕래하면서 가야지방이 신라에 넘어가지 않고 백제 통치 하에 들어가게 하려고 노력했다고 보는 것이 필자의 견해이다.

이런 관점에서 볼 때, 일본과 백제의 임나정책은 한반도 남쪽 3국(백제, 신라, 가야)의 문제를 풀고자 한 정책이었고, 『일본서기』에 나오는 임나일본부의 '일본 세력'이란 가야에서 일국 출신의 친일본 세력을 뜻했다고 판단된다.

제6절 게이타이 천황의 황후 다시라카(手白香) 황녀에 관한 소견

다시라카 황녀의 이름은 『일본서기』에는 다시라카 히메미코(手白香皇女), 『고사기』에는 다시라카노 이라쓰메(手白髮郎女)로 기록되어 있다. 489년 이전에 태어났으며 사망년도는 미상이다. 즉 생몰년도 미상이다. 닌켄(仁賢) 천황의 황녀이고, 어머니는 가스가노 오오이라쓰메노(春日大娘) 황녀이며, 동복 남자 형제로 부레쓰(武烈) 천황이 있다.

다시라카 황녀는 오토모노 가나무라(大伴金村, 생몰년도 미상)의 천거로 게이타이(継体) 천황 원년(507년)에 황후에 올랐고, 후에 긴메이(欽明) 천황을 낳았다. "게이타이 천황의 다른 황후들이 지방 호족의 딸이었던데 비해 다시라카 황녀는 유일한 황족 출신이어서 그녀가 낳은 긴메이 천황이 왕위를 이어받는 데 기반이 되었다."라고 713년 관명에 의해 작성된 『하리마노구니노 후토키(播磨国風土記)』에 기록되어 있다.

다시라카 황녀가 게이타이 천황의 황후가 된 이유로서 어머니인 오오이라쓰노메 황녀의 경우와 마찬가지로 직계가 아닌 방계(傍系) 천황의 정통성을 내세우기 위한 정략적인 요인이 컸다. 요컨대 방계에 속하고 선대 천황과 혈연이 먼 게이타이 천황은 선대 천황의 동복누이인 다시라카 황녀를 황후로 맞이함으로써 일종의 데릴사위 형태로 정통성을 획득한 것이다. 그리고 게이타이 천황은 다른 부인에게서 낳은 아들들을 제켜두고 다시라카 황녀 사이에서 태어난 긴메이 황자를 자신의 승계자로 정한 것도 이 때문이라고 추론할 수 있다.

그런데 다시라카 황녀를 황후의 자리에 천거한 오토모노 가나무라는 제24대 닌켄 천황(재위 488?-498?)이 붕어하자 태자인 부레쓰

와 대립하고 있던 해구리(平群)씨를 타도하고 제25대 부레쓰 천황(재위 498?-506?)으로 옹립하는 데 성공하여 당대 최고의 권력인 오무라지(大連)에 오른 무장이다. 부레쓰 천황이 왕위를 이어받을 후계자가 없이 젊은 나이에 붕어하자, 다시 오오도왕을 옹립하여 제26대 게이타이 천황(재위 507년?-531년?)으로 즉위시킨다.

『일본서기』에 의하면 게이타이 천황 6년(513년)에 백제가 한반도 남부의 임나(任那) 4현과 7년(514년)에 기문(己汶), 채사(滯沙) 땅의 할양을 요청해온다. 오토모노 가나무라는 이를 승인해주는 대신 백제는 517년에 오경박사(五経博士) 한고안무(漢高安茂)를 일본에 도래시킨다. 그러나 긴메이 천황 대에 들어와서는 긴메이 천황과 혈연 관계를 맺은 소가(蘇我)씨가 대두하면서 오토모노 가나무라의 권세는 쇠퇴하기 시작한다. 더욱이 긴메이 천황 원년(539년)에는 신라가 임나지방을 병합하는 사건이 발생하여 모노노베노 오코시(物部尾興) 등이 외교 정책의 실패(앞서 임나 4현 등의 할양 시에 백제 측과 거래했던 일 등)를 규탄하여 실각 당한다.

한편, 홍윤기 교수도, 일본의 고대사학자 고바야시 야스코(小林惠子)[105]도 백제 제26대 성왕(聖王, 재위 523-554)은 일본의 제29대

---

105) 고바야시 야스코(小林惠子) : 1936년 생. 오카야마(岡山)대학 법문학부 동양사 전공 졸업. 『고사기』와 『일본서기』에 편중된 일본사학회와 선을 긋고, 일본 고대사를 국제적 시야로 확장시켜 종래의 정설을 뒤엎는 학설과 저서를 발표해 왔다. 주요 저서로 『고대 왜왕의 정체 바다를 건너온 패왕들의 흥망(古代倭王の正体 海を越えてきた覇王たちの興亡』, 『흥망 고대사─동아시아 패권 쟁탈 1000년(興亡古代史─東アジアの覇権争奪1000年)』, 『바다를 건넌 국제인 간무 천황의 비밀(海を渡る国際人 桓武天皇の謎)』 등 다수.

긴메이 천황(재위 539?-571?)을 겸임했다고 논했다. 『삼국사기』에는 성왕이 554년 관산성 전투에서 신라군에 패하여 사망한 것으로 되어 있다. 그러나 실제로는 죽지 않았고 539년 일본의 제28대 센카(宣化) 천황(재위 535?-539?)이 서거하자 곧바로 일본으로 건너가 29대 긴메이 천황에 올랐으며 일본과 백제를 넘나들며 일본 천황을 겸임하다가 554년에는 장남인 위덕왕(재위 554-598)에게 아예 백제를 맡기고 자신은 일본의 긴메이 천황으로서만 통치를 했다는 것이다.

일본에서 돌아와 백제의 왕이 된 무령왕, 그리고 그의 아들인 성왕, 그들은 분명 일본 조정과 큰 관련을 가진 인물임에는 틀림없어 보인다.

위에서 살펴보았듯이 『일본서기』에 다시라카 황녀는 게이타이 천황의 황후이며 긴메이 천황을 낳았다고 기록되어 있다. 그리고 일본의 긴메이 천황과 백제의 성왕이 동일 인물이라는 견해가 있다. 이를 종합하면 다시라카 황녀는 긴메이 천황의 어머니이자 백제 성왕의 어머니인 셈이다. 그럴 경우, 성왕의 아버지이며 일본에서 나고 자란 무령왕과 다시라카 황녀의 접점도 자연스럽게 좁혀진다. 더욱이 무령왕은 왕으로 즉위하기 위해 백제로 돌아왔을 때 이미 41세였으니, 자신의 젊은 시절을 대부분 일본에서 살았다. 그러므로 백제 성왕은 무령왕이 일본에서 데려온 황자이거나 유력한 황족이라는 추론도 가능하다.

실제로 『일본서기』는 514년에 백제태자 준타(淳陀)가 일본에서 서거했다고 전한다. 무령왕을 승계한 아들은 여명(余明, 성왕)이지만 무령왕의 본래 태자는 일본에 있던 준타라는 이야기다. 즉 일본에서 태자가 서거하자 백제에 있던 여명이 태자에 올랐음을 의미한다. 준타 태자가 어디서 태어났는지, 언제 일본에 갔는지 등 상세한 기록은 없으나 무령왕이 불혹의 나이까지 일본에서 생활했음을 감안할 때 충분히 예측 가능한 내용이다. 실제로 준타는 일본에서 태어나 그대로 일본에 체류했다고 주장하는 학설도 있다.

이를 뒷받침하듯 성왕은 『삼국사기』에 출생년도가 미상이다. 성왕은 무령왕 서거 다음해인 524년에 즉위하여 554년까지 통치했다. 『삼국사기』 권26 백제본기4 성왕 즉위년 조에 성은 부여(扶餘)이고 이름은 명농(明襛)이라고 표기되어 있고, 『일본서기』 권19 긴메이(欽明) 천황 15년 조에는 명왕(明王), 성명왕(聖明王), 성왕(聖王)으로, 『양서(梁書)』에는 명(明)으로 이름이 나와 있다.

『삼국사기』에는 동맹 관계였던 신라 진흥왕(眞興王, 재위 540-576)의 배신으로 한강 유역을 빼앗겨, 554년 대가야와 왜의 연합군을 이끌고 태자가 신라의 관산성을 공격하자 소수의 인원만을 대동하고 전투를 격려하러 갔다가 붙잡혀 죽임을 당했다고 기록되어 있다. 그러나 장례에 대한 기록도 없고 왕릉의 위치도 확인할 수 없다. 또한 백제의 제25대 무령왕의 아들로 태어났다는 기록은 있으나 생모에 대한 기록은 없다. 왕비에 관한 기록도 없다. 다만 제27대 위덕왕(威德王, 재위 554-598) 창(昌)과 제28대 혜왕(惠王, 재위 598-599) 계(季) 등의 자녀가 있었으며 딸 가운데 한 명을 553년 10

월 신라 진흥왕과 소비(小妃)로서 혼인시킨다. 그런데 553년 당시 이미 신라가 배신을 시작했을 때였으므로 이 정략결혼에 의문이 생긴다. 하지만 다음해 554년에 대대적으로 신라를 공격하였으므로 작전 상 딸과 신라 진흥왕을 혼인시켜 신라를 안심시킨 후 신라를 칠 계획이었다면 이해가 간다.

백제의 무령왕과 그의 아들인 성왕의 통치기, 그리고 일본의 게이타이 천황과 그의 아들인 긴메이 천황 통치기에 두 나라 사이에는 어떤 수수께끼가 숨어 있을까? 여기에는 다시라카 황녀가 보이지 않는 끈으로 연결되어 있고, 두 나라의 왕들 또한 교집합처럼 겹쳐지는 부분이 많다. 다시라카 황녀는 일본과 백제 황족 양쪽의 딸이었을 수도 있고 부인이었을 수도 있고 어머니였을 수도 있다. 어쨌든 489년 무렵부터 571년 사이의 일본 황실과 백제 황실 사이에는 다시라카 황녀가 존재한다.

그런 연유로 다시라카 황녀에 대해서도 다각도의 연구가 이뤄져야 한다는 개인적인 소견을 본서에서 제시하는 바이다.

그림7. 다시라카(手白香) 황녀 관계도
(『일본서기』에 기초한 관계도)

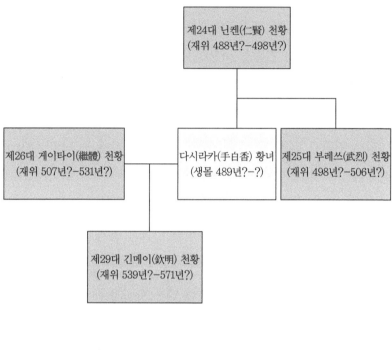

제24대 닌켄(仁賢) 천황
(재위 488년?-498년?)

제26대 게이타이(繼體) 천황
(재위 507년?-531년?)

다시라카(手白香) 황녀
(생몰 489년?-?)

제25대 부레쓰(武烈) 천황
(재위 498년?-506년?)

제29대 긴메이(欽明) 천황
(재위 539년?-571년?)

▨은 남성　□은 여성

제4장 긴메이(欽明) 천황의 시대

『일본서기』에 의하면, 531년[106] 오오도왕(=게이타이 천황)이 서거한 후 먼저 적자 긴메이의 이복형 안칸(安閑)이 천황에 올랐고, 그 후에는 센카(宣化)가 천황으로 즉위했다. 긴메이는 그 다음으로 천황에 즉위했다고 기록되어 있으나 『일본서기』의 기록은 오오도왕이 서거했을 당시에 정변이 일어났을 것이라는 가능성과 센카 조와 긴메이 조가 병립하면서 대립했으리라는 가능성을 시사했다. 제4장에서는 긴메이 천황의 임나정책을 분석하면서 필자가 세운 가설을 검토하기로 한다.

---

106) 미즈노 유가 수정한 게이타이 천황의 서거 연대는 527년으로 되어 있다.(전게서, 『日本国家の成立』, p.136. 참조)

제1절 긴메이 천황과 가야

『고사기』와 『일본서기』에 의하면 오오도왕, 즉 게이타이 천황의 적자(嫡子)는 긴메이 천황이다. 그러나 긴메이에게는 2명의 이복형이 있었으므로 그들 이복형들이 차례차례 긴메이보다 먼저 천황에 즉위했고, 그들에 이어서 긴메이는 539년부터 571년까지[107] 32년간 천황 자리에 있었다.

긴메이 천황 시대의 큰 특징은 오오도왕, 즉 게이타이 천황 시대와 마찬가지로 가야(임나) 문제가 드러나 있다는 점이다. 그러나 게이타이 천황 시대와 긴메이 천황 시대의 임나 문제에는 결정적인 차이점이 있는데, 게이타이 천황 시대에는 나타나지 않았던 '임나 일본부'라는 명칭이 긴메이 천황 시대에 접어들어 즉위 2년(537)에 처음으로 등장한다.[108] 이와 관련된 내용을 『일본서기』를 중심으로 추적해 보기로 한다.

긴메이 천황은 즉위하자마자 신라 토벌을 언급했다.[109] 이에 대해 측근들은 게이타이 천황의 치세 때 오토모노 가나무라가 임나 4현을 백제에 쉽게 할양해 버린 탓에 신라가 일본에 대해 원망을 품고 있어서 가볍게 토벌할 상황이 아니라고 보고한다.[110]

---

107) 미즈노 유의 수정 기록에 의한 연대이다.
108) 전게서, 『日本書紀 Ⅱ』, p.229.
109) 상게서, p.226.
110) 상게서, pp.226-227.

게이타이 천황 이후, 가야(임나)를 둘러싼 정세는 백제+가야+일본의 세력과 이에 대항하여 가야를 모두 합병시키려는 신라의 2대 구도로 움직이고 있었다. 당시 일본 천황 가가 임나 4현을 백제에 할양할 만큼 가야 지역에 영향력을 행사할 수 있는 왕조였다는 것은 바로 일본 왕가가 당시 가야의 여러 나라 중에서 가장 세력이 컸던 왕가와 동일한 왕가였다는 가능성을 보여 준다. 그렇다면 당시 가야의 여러 나라 중에서 가장 영향력이 컸던 나라는 어디였을까?

538년 4월에 백제의 성왕이 가야의 안라(安羅), 고령가라(高靈加羅), 다라(多羅) 등의 대표자들을 백제로 불러서 신라에 빼앗긴 가야의 여러 나라를 다시 회복하기 위한 회의를 열었다.[111] 이때 전술한 바와 같이 처음으로 '임나일본부'라는 명칭이 등장한다. 이 '임나부흥회의'는 긴메이 천황의 제안에 의해 소집된 것으로 보인다. 회의를 주재한 사람은 백제의 성왕이었다. 회의 결과, 참가자 모두가 가야의 부흥을 다짐하고 해산했다.[112]

그런데 같은 해 7월에 백제는 '안라(安羅)의 일본부'가 신라와 내통했다고 '안라의 일본부'를 엄하게 꾸짖은 적이 있다.[113] 이때 언급된 '안라의 일본부'란 바로 '임나일본부'를 뜻한다. 즉 『일본서기』에서는 임나일본부를 때로는 '안라일본부'라고도 했고, 안라국을 임

---

111) 상게서, p.229.
112) 상게서, pp.229-231.
113) 상게서, p.231.

라라고도 기록했다. 또한 '임나'라는 명칭은 가야 전체를 가리킬 때도 있고, 가야의 일부 지역을 가리킬 때도 있다.

이처럼 긴메이 천황 때는 '임나'라는 지역의 일본부라는 말이 안라국을 지칭하는 명칭이었다고 보인다.

백제의 성왕 시대에 가야의 여러 나라 중에서 가장 세력이 강했던 나라는 안라국이었다.[114] 말하자면 일본 왕가는 안라국과 깊은 관계를 갖고 있었으며, 게이타이 천황의 출신지도 안라국이라는 가설을 세울 수 있다.

---

114) 안라국 : 안라국(=아라가야)의 본거지였던 함안(咸安)은 낙동강의 지류인 남강과 그곳에서 합류하는 낙동강이 북쪽과 서쪽을 감싸고 남쪽과 동쪽은 산으로 둘러싸인 분지이다. 남강과 낙동강을 통해 가야 전역을 왕래하거나 육로로 마산 같은 해안 지역을 왕래할 수 있어 교역이 편리한 지역이다. 기원 전 3세기 무렵의 유적도 남아 있고, 변한시대에는 「안사국(安邪国)」이었다. 3세기 말에서 4세기 초에 걸쳐 「포상 8국(浦上八国)」의 전쟁에서 승리하여 금관가야와 함께 가야지방에서 우세한 세력을 형성했다. 안라국은 백제와 긴밀한 관계를 가졌으며 서기400년에는 백제 · 왜나라 등과 동맹하여 고구려 · 신라 연합군과 전쟁을 치렀으나 패하고 말았다. 그로 인해 금관가야와 함께 큰 타격을 입었다. 안라국이 다시 힘을 키운 것은 6세기에 접어들면서였고 그 무렵부터 「왕」의 칭호를 사용하기 시작했으며 어느 정도 통치 체제를 갖추게 되었다. 그때 신라가 가야에 대해 강한 압박을 가해 왔다. 540년 무렵까지 훼기탄, 탁순, 남가야(㖨己呑, 卓淳, 南加羅) 등이 신라에 합병되어 대가야는 가야 전체 맹주로서의 지위를 잃기 시작했다. 그런 시기였던 까닭에 안라국은 새롭게 가야를 단결시켜 부흥하겠다는 입장에 섰다. 고분 발굴 등을 통해 밝혀진 사실을 보면 전성기 안라국은 현재의 마산과 진주 지역까지 영향력을 가졌다. 또한 야마토 왕권의 사신이 안라국에 파견되어 머물기도 했다. 이와 동시에 백제가 안라국에 주둔했다(528년경). 이러한 힘의 관계 속에서 「임나부흥회의」(538년경)를 통해 적극적인 역할을 하게 된다. 이와 같이 일본과의 관계가 강한 지역이었으므로 일본의 고분에서도 안라국계의 유물이 많이 출토된다. 안라국은 신라 세력을 이기지 못하고 결국 562년경 대가야와 함께 신라에 복속되었다.

그러므로 당시의 가야지방을 둘러싼 백제 세력은 '백제+가야(안라국 중심)+일본(안라국 왕가)'이라고 보는 것이 필자의 견해이다.

이런 관계를 증명하듯이 백제의 성왕이 다음과 같은 말을 했다고 『일본서기』에 기록되어 있다.

"임나(안라국)와 우리 백제는 고래로부터 (안라국이) 자식이자 동생이라는 약속을 해왔다. (후략)"[115]

이 같은 성왕의 말은 무령왕이 오오도왕(=게이타이 천황)을 동생이라고 불렀다는 내용을 상기시켜 주는 내용이기도 하다.

그리고 전술한 바와 같이 안라일본부(임나일본부)는 신라와 내통하여 일본 왕가의 뜻을 거역한 사실이 『일본서기』에 기록되어 있다. 이런 기술은 임나일본부가 일본의 명령대로 움직이는 기관이 아니라 상당한 자율성을 가진 기관이었다는 점을 확인해 준다. 즉 임나일본부가 명칭에는 '일본'이라는 이름이 들어가 있지만, 실제로는 안라국이 주체가 되어 자율적으로 행동하는 기관이었던 것이다.

562년 신라 진흥왕은 안라국을 포함한 가야의 10개 나라를 멸망시켰다.[116] 이후 긴메이 천황이 가야를 회복하기 위해 신라를 공격할 군사를 한반도에 보냈으나 신라에게 패하고 만다.[117]

---

115) 전게서, 『日本書紀Ⅱ』, p.245.
116) 상게서, p.271.
117) 상게서, pp.273-277.

571년 긴메이 천황은 병으로 누워, 죽기 전에 세자를 불러서 다음과 같이 당부했다.

　　"신라를 쳐서 임나를 세워라. 그리고 예전과 같이 임나와 부부처럼 화목하게 지낸다면 나는 죽어도 한이 없다."[118]

긴메이 천황은 임나 회복을 세자에게 간절히 당부하고 세상을 떠났다. 즉 긴메이 천황으로서는 신라에 뺏긴 임나를 회복하지 못한 일이 생애에서 가장 후회스러운 일이었다. 그는 임나와 일본의 관계를 '부부'와 같은 관계라고 했다. 그의 말에는 일본과 임나가 상하 관계로 언급되지 않았고, 오히려 임나(안라국)와 매우 친숙한 관계로 표현되어 있다. 바로 '부부'처럼 일본과 안라국은 하나(=한 나라)였던 것이다.

제2절 긴메이 천황과 백제 성왕

그런데 여기서 긴메이 천황의 유언 속 '부부'라는 말에 주목할 필요가 있다. '부부'란 한 집에 사는 한 가족이다. 그렇다면 앞에서 살펴본 백제 제26대 성왕(聖王, 재위 523-554)이 일본의 제29대 긴메

---

118) 상게서, p.280.

이 천황(재위 539?-571?)을 겸임했다는 논리와도 일맥상통한다. 성왕은 554년 관산성 전투에서 실제로 사망하지 않았고 539년 일본의 제28대 센카 천황(宣化天皇, 535-539)이 서거하자 곧바로 일본으로 건너가 29대 긴메이 천황에 올랐으며, 일본과 백제를 넘나들며 두 나라의 왕을 겸하다가 554년에는 태자인 창(昌=위덕왕)에게 아예 백제를 맡기고 일본의 긴메이 천황으로만 통치했다는 논리다. 실제로 『삼국사기』와 『일본서기』 공히 창은 용맹하여 태자 때부터 성왕을 도와 신라와 고구려 공격에 앞장섰다고 기록되어 있다.

당시 한반도 내의 정세는 급박하게 전개되고 있었다. 529년 고구려 안장왕이 직접 나선 전쟁에서 패해 백제는 2000여명의 군사를 잃었고, 더욱이 신라의 압박을 받아 538년에는 수도를 웅진(熊津, 지금의 공주)에서 사비(泗沘, 지금의 부여)로 천도하여 '남부여(南扶余)'라고 국호를 바꾼다. 그 이전에 고구려 장수왕(長壽王)의 남진정책에 위협을 느낀 백제와 신라는 433년(백제 비유왕 7년, 신라 눌지왕 17년)에 나제동맹(羅濟同盟)을 맺어 우호관계를 공고히 한다. 그러나 신라와의 나제동맹도 남쪽의 가야 여러 나라의 영유권을 둘러싸고 불안정해지자 신라에 대항하기 위해 백제는 일본의 야마토 왕권과 연계를 도모한다. 앞서 논했듯이 541년에 '임나 부흥'을 위해 성왕 주도로 '임나부흥회의'를 열었다는 기록이 『일본서기』 권19 · 긴메이 천황 2년 4월에 나온다. 이 회의에서 백제는 일본에게 백제 주도로 가야 여러 나라와의 연합 체제를 승인해 줄 것과 신라에 대항하기 위한 지원군의 파견을 요청한다. 그러나 일본의 야마토 정권이 무기와 지원군을 보내준 것은 547년 이후이다. 이 무렵에는 다시 백제와 신라가 연합(나제동맹)하여 고구려와 싸워 551년에는 지금의 경기도 광주 부근인 한산성(漢山城)을 점령하지만 553년에 신라에게 빼앗기고 만다.

성왕이 당시 한반도의 긴박한 정세를 뒤로 하고 일본으로 건너간 이유 중 하나는 일본 땅에서 힘을 길러 군대를 이끌고 백제로 돌아와 빼앗긴 한강 유역과 가야 지역을 되찾겠다는 야심찬 계획이었다고 여겨진다. 그 이전에 성왕이 일본에 군대를 요청했던 사실만 봐도 짐작할 수 있다.

성왕은 무령왕 때와 마찬가지로 일본(왜)과 연계하였고 중국 남조(南朝)의 양(梁)나라와 우호적인 관계를 유지하였으며 신라와도 동맹을 맺어 고구려에 대항하는 백제의 전통적인 외교 방식을 취했다. 『삼국사기』에는 541년(성왕 19)에 성왕이 양나라로 사신을 보내 『시경(詩經)』에 능한 모시박사(毛詩博士)와 함께 『열반경(涅槃經)』의 주석서, 기술자, 화가 등을 요청했다고 기록되어 있다. 성왕은 불교를 주변국과의 외교와 왕권 확립에 적극적으로 활용했음을 알 수 있다.

성왕이 양나라와의 교역에서 입수한 부남국(扶南国, 지금의 캄보디아)의 문물을 일본에 보내왔다고 『일본서기』 권19 · 긴메이 천황 조 4년(543년) 9월에 기록되어 있다. 그 이전부터 백제는 일본에 여러 학자와 기술자, 예술가, 승려 등을 파견했다. 근초고왕(재위 346-375) 때는 아직기(阿直岐)가 왕명으로 말 두 필을 가지고 일본으로 건너가 일본 천황에게 선물하고 말 기르는 일과 승마술을 전하였는데, 아직기가 경서에 능한 것을 보고 천황은 태자 우치노와 기이로치코(菟道稚郎子)의 스승으로 삼았다. 제14대 근구수왕(재위 375-384) 때는 왕인(王仁) 박사가 논어와 천자문을 전하면서 도기, 직조, 그림 등의 기술자들도 데려갔다. 무령왕(재위 501-523) 때는 오경박사 단양이(段陽爾)와 고안무(高安茂)를 파견하는 등 백제는 일본(왜)에 다양한 문물과 여러 전문가를 보냈다.

그중에서도 성왕은 일본에 불교를 전한 백제의 왕으로서 뚜렷한 족적을 남겼다. 백제가 불교를 받아들인 것은『삼국사기』에 침류왕(枕流王) 1년(384) 인도의 승려 마라난타(摩羅難陀)에 의해 동진(東晉)에서 최초로 전래되었다고 되어 있으나 침류왕이 이 외국 승려를 환영했고 궁중에 머무르게 한 것으로 보아 이미 그 이전부터 불교가 들어와 있었다고 보인다.

일본에 백제의 불교 전래에 대해서는 552년 설과 538년 설의 두 설이 존재한다. 현재는 538년 설이 유력하다. 일본 학자들은 그 이전부터 한반도에서 도래인들이 여러 차례 이주해 오면서 사적인 신앙으로서 불교는 일본에 이미 들어와 있었다고 보았지만 정치적이고 공적으로 받아들인 해를 불교가 전래된 해로 확정하였다. 어느 쪽이라 해도 6세기 중반 게이타이(継体) 천황 사후 긴메이(欽明) 천황 시대, 백제의 성왕에 의해 전해졌다는 것만은 공인되어 있다.

이후 일본은 백제의 불교문화를 전수받아 아스카(飛鳥)시대[119] 불교
예술과 문화를 활짝 꽃피웠다.

552년 설은 『일본서기』 긴메이 천황 13년 552년 10월에 백제의
성명왕(聖明王=성왕[聖王])이 금동석가여래상 1구, 번개(幡蓋: 깃발과
우산 모양의 장식물), 경론(經論), 상표문(上表文) 등을 달솔(達率) 노리
사치계(怒唎斯致契)를 파견하여 일본의 긴메이 천황에게 보냈다고
기록되어 있다. 즉 불상, 경전 등과 함께 불교를 전래하는 공덕을
상찬하는 상표문을 헌상했다는 내용이다.[120]

538년 설은 『상궁성덕법왕제설(上宮聖德法王説)』[121]과 『원흥사가
람연기병유기자재장(元興寺伽藍縁起并流記資財帳)』[122]에 공통으로 긴

---

119) 아스카(飛鳥)시대 : 7세기 전반(대략 538년-710년) 일본의 불교문화가 눈부시게
발전했던 시대. 정치의 중심과 왕궁이 나라(奈良)분지 남쪽 아스카(飛鳥) 지방에
있었으므로 붙은 명칭이다. 한반도와 중국의 제도 · 문물 등을 받아들여 제반 체제
를 혁신하고 아스카문화를 개화시킨 시대이다. 645년 '을사정변(乙巳の変)'에 의
해 강력한 권세를 가진 소가씨 일파가 살해되고 고토쿠(孝德) 천황이 즉위하여 일
본 최초의 다이카(大化)라는 독자적인 연호를 사용한다. 또한 다이카개신(大和改
新)을 단행하여 강력한 중앙집권국가를 수립하였으며 모든 토지와 사람은 천황
의 소유가 되었다. 이때부터 중앙과 각 지방에 행정관을 파견하여 통치하기 시작
했다.

120) 『일본서기』 긴메이 천황 13년 552년 10월의 기록문 : 欽明十三年 冬十月 百濟聖明
王 更名 聖王 遣西部姫氏達率怒唎斯致契等 獻釋迦佛金銅像一軀 幡蓋若干 經論若
干卷 別表

121) 『상궁성덕법왕제설(上宮聖德法王説)』: 824년 이후에 완성. 관련 기록은 다음과
같다. 「志癸島天皇御世 戊午年十月十二日 百濟國主明王 始奉度佛像経教并僧等
勅授蘇我稲目宿禰大臣令興隆也」

122) 『원흥사가람연기병유기자재장(元興寺伽藍縁起并流記資財帳)』: 724년에 완성. 관
련 기록은 다음과 같다. 『元興寺伽藍縁起并流記資財帳』「大倭國佛法 創自斯歸嶋
宮治天下天國案春岐廣庭天皇御世 蘇我大臣稲目宿禰仕奉時 治天下七年歳次戊午

메이 천황 통치기 「임오년(戊午年)」에 백제의 성명왕(성왕)이 일본에 불교를 전했다고 기록되어 있다. 그러나 『고사기』와 『일본서기』의 긴메이 천황 기(539-571)에는 임오년이 존재하지 않으므로 긴메이 천황 이전에서 가장 근접한 임오년인 538년으로 잡았고, 현재는 위의 두 사서에 공통으로 기록된 '임오년'인 538년 설이 유력하다. 이 해는 센카(宣化) 천황 3년이 된다.

그런데 『고사기』와 『일본서기』에 게이타이(継体), 안칸(安閑), 센카(宣化), 긴메이(欽明) 천황으로 이어지는 천황의 직위 연대가 다르게 기록되어 있다.[123] 그런 연유로 긴메이 천황의 재위에 대해서는 게이타이 천황 서거 이후에 단기간에 두 천황의 왕권 교체가 이뤄졌다는 설과 게이타이 천황이 즉위했을 때부터 게이타이 천황의 출신 성분을 배경으로 해서 긴메이 조도 병립했다는 설 등 여러 설이 존재한다. 앞에서도 거론했듯이 게이타이 천황은 황손이긴 하지만 부레쓰(武烈) 천황 사후 혼란을 겪은 후에 황위에 올랐다. 『일본서기』에는 평탄하게 즉위한 것처럼 기록되어 있으나 실제로는 야마토 조정에 들어오기까지 20년이나 걸렸으니 즉위에 반발하는 세력도 존재하여 불안한 정권이었음을 짐작할 수 있다. 이를 뒷받침하듯 『상궁성덕법왕제설』과 『원흥사가람연기병유기자재장』에는 긴메

十二月度來 百濟國聖明王時 太子像并灌佛之器一具 及説佛起書巻一筐度」

123) 게이타이(継体) 천황 붕어 연도에 대해서는 『고사기(古事記)』에는 527년으로, 『백제본기(百済本記)』를 채용한 『일본서기(日本書紀)』에는 531과 534년으로 다른 설이 존재한다.

이 천황이 즉위한 해가 531년으로 기록되어 있다. 이를『일본서기』의 게이타이 천황 531년 붕어설에 대입해보면 게이타이 천황 다음으로 긴메이 천황이 즉위했다고 이해된다.

안칸 천황과 센카 천황은 지방 호족 출신의 어머니에게서 태어났고, 앞에서도 살펴보았듯이 긴메이 천황은 닌켄(仁賢) 천황의 황녀인 다시라카(手白香) 황녀에게서 태어났다. 그런데 게이타이 천황 서거 후에 이들 이복형제 간에 모계를 중심으로 야마토 조정(大和朝廷, 야마토 정권)이 둘로 분열되어 두 개의 조정이 병립하였으며, 이에 따른 전국적인 내란이 531년에 발생하여 천황과 태자, 황자가 한꺼번에 서거했다는 설도 있다.『일본서기』는 이 사실을 숨기기 위해 이복형제가 연령순으로 즉위했다고 기록했을 것이다.

607년에 창건한 호류지(法隆寺)의 몽전(夢殿)에 안치되어 있는 목조 구세관음보살상(救世観音菩薩像)도 당시 백제와 일본 조정과의 복잡한 정치상에 관한 중요한 단서를 제공하고 있다. 쇼요쇼[聖譽鈔][124]에 따르면 구세관음보살상은 백제 성왕의 아들인 위덕왕(威德王)이 부왕을 그리워하여 그 모습을 본 따 제작했다고 한다.[125] 국보

---

124) 소요(聖譽)는 15세기 초 호류지에 머물렀던 승려이며,『쇼요쇼[聖譽鈔]』는 당시 소요가 남긴 서적이다. 이에 관한 기록은『쇼토쿠 태자어전총서(聖德太子御伝叢書)』에 들어 있다.

125) 쇼토쿠 태자어전총서(聖德太子御伝叢書)『쇼토쿠 태자삼경어소(聖德太子三経御疏)』『쇼요쇼[聖譽鈔]』상권 52페이지 가운데 14페이지 240/273쪽(모치즈키 신코[望月信亨], 다카쿠스 준지로[高楠順次郎] 共編, 金尾文淵堂 간, 1943) (일본국회도서관 : http://dl.ndl.go.jp/info:ndljp/pid/1057756).
원문 :「此相當吾朝欽明天王第十五年以十八年 餘昌卽位號 威德王以其弟王子惠為

이자 중요문화재인 이 불상은 키가 약180cm에 달하며, 제조 시기는 629년에서 655년으로, 아스카시대 조메이(舒明) 천황 원년에서 사이메이(斉明) 천황 원년으로 추정하고 있다. 재질은 백단목이며, 통나무 하나에 조각하여 그 위에 금박을 입혔다. 길게 늘어진 불상의 양식이 백제 불상과 거의 비슷하다.

본서에서는 극히 일부분밖에 열거하지 않았지만 중국, 일본, 한국의 사서에 백제 성왕과 일본의 긴메이 천황이 동일 인물이었

사진11. 호류지(法隆寺)의 몽전(夢殿)에 안치된 구세관음보살상.

음을 알려주는 수많은 기록이 남아 있다. 그러므로 이 부분에 대한 연구 또한 앞으로 계속되어야 함은 말할 나위가 없다.

使者明王薨之旨奏日本天皇故威德戀慕父王之狀 所造顯之尊像卽 救世觀音像是也 亦卽是上宮太子之前身也」
모치즈키 신코(望月信亨, 1869~1948) : 일본의 불교학자 · 정토종(浄土宗) 승려.
다카쿠스 준지로(高楠順次郎, 1866~1945) : 일본의 불교학자, 인도학자. 1912년 제국학사원 회원, 도쿄제국대학 명예교수. 1944년에 문화훈장을 받음.

제3절 가야의 멸망과 가야계 백제인 긴메이 천황

『일본서기』의 게이타이 천황과 긴메이 천황 기에는 유독 가야 관련 기록이 많은데, 이들은 원래 가야 지역이었지만 백제로 통합된 지역과 깊은 관련이 있었다고 본다. 즉 가야계 백제인이다. 이들은 가야국(안라국)에 있으면서 일본을 통치했거나 일본에 있으면서 가야국을 통치했으며 어떤 식으로든 두 나라를 동시에 통치했다고 본다.

게이타이 천황 통치기에 백제의 요청으로 백제에 할양해 준 기문(己汶), 채사(滯沙)와 상다리(上哆唎), 하다리(下哆唎), 사타(娑陀), 모루(牟婁)의 4현도 주로 옛 가야지역이다. 이 지역을 한일의 학자들이 현재의 충남의 금산, 논산, 전북의 진안, 남원, 임실, 순창, 고창, 전남의 보성, 구례, 곡성, 순천, 여수, 무안, 광양, 장흥, 영암, 영산강 유역과 섬진강 유역 등으로 비견해놓은 것을 봐도 알 수 있다. 가야가 멸망한 후에 주로 백제에 복속된 지역이다.

이와도 상통하지만 게이타이 천황부터 어느 시기까지의 일본 천황 가의 혈통은 가야국(안라국) 혈통이었으며, 그 혈통은 긴메이 천황의 증손자이자 쇼토쿠 태자(574-622)의 아들인 야마시로노오에(山背大兄) 왕자까지 이어졌다고 보는 것이 필자의 견해이다.

한편, 앞에서도 거론한 쇼토쿠 태자((聖德太子, 574-622)는 아스카 시대 제31대 요메이(用明) 천황(재위 585?-587?)의 제2왕자로 태어났고, 어머니는 제29대 긴메이(欽明) 천황(재위 539?-571?)의 딸인

아나호베노하시히토(穴穗部間人) 황녀이다. 쇼토쿠 태자는 여성 천황인 제33대 스이코((推古) 천황(재위 592-628)을 섭정하여, 소가노우마코(蘇我馬子)와 협력체제로 왕권강화의 기틀을 마련하였다. 또한 백제의 선진 문물을 수용하고 수나라에 견수사를 파견하는 등 대륙의 선진 문화와 제도를 적극적으로 받아들여 관위12계(冠位十二階)와 17조 헌법을 정하는 등 동아시아의 국제 정세 긴장 속에서도 천황을 중심으로 한 중앙집권 국가 체제를 확립하였다. 백제 성왕이 불교를 전해준 이후 일본은 지속적으로 백제와 교류하며 불교문화를 계승 발전시켰는데, 쇼토쿠 태자는 백제 불교를 일본 전통의 신도(神道)와 함께 융성시켰다. 그에 맞춰 쇼토쿠종(聖德宗)의 총 본산인 나라현(奈良県)의 호류지(法隆寺), 오사카(大阪市)의 시텐노지(四天王寺) 등 전국 각지에 사찰을 건립하였다.

쇼토쿠 태자가 건립한 여러 사찰 중에서도 호류지에는 오중탑(五重塔)과 금당, 금당의 금동석가여래삼존상, 백제관음상 등 백제와 관련된 수많은 보물이 전래되었다. 스이코 천황 15년(607년)에 창건된 이 사찰은 오중탑과 금당을 중심으로 한 서원가람과 몽전(夢殿)을 중심으로 한 동원가람으로 나뉘어져 있으며, 서원가람은 현존하는 세계에서 가장 오래된 목조건축물 군이다. 또한 일본에서 가장 오래된 초상화인 도혼미에이(唐本御影)[126]도 소장되어 있다. 이는 쇼토쿠 태자를 그린 초상화로, 화가는 백제에서 일본에 건너가 쇼토

---

126) '쇼토쿠 태자와 두 왕자상'이 그려진 초상화. 호류지에 소장되어 전해내려 왔으며, 1878년에 황실에 헌납하였다.

사진12. 도혼미에이(唐本御影) : 쇼토쿠 태자(聖德太子)를 그린 초상화. 가운데가 쇼토쿠 태자이고, 왼쪽이 동생인 에쿠리(殖栗) 왕자, 오른쪽이 아들인 야마로노오에(山背大兄) 왕자.

사진13. 호류지(法隆寺) 서원가람 경내. 가운데가 오중탑.

사진14. 호류지(法隆寺)의 금당(金堂). 오중탑과 금당을 중심으로 하는 서원가람은 세계에서 가장 오래된 목조건축물 군.

사진15. 호류지(法隆寺) 대보물전에 보관된 목조 백제관음보살상. 제작 시기는 고교쿠(皇極) 천황 5년(645) 을사정변 무렵.

쿠 태자의 스승이 된 아좌태자(阿佐太子)이다. 『일본서기』에 백제 제 27대 위덕왕(재위 554-598)의 아들인 아좌태자가 597년 위덕왕 44년에 일본으로 건너갔다고 기록되어 있다. 이처럼 쇼토쿠 태자는 일본이라는 나라의 기틀을 만든 인물이다.

그러나 쇼토쿠 태자는 천황 자리에 오르기 전에 사망했고, 그의 아들 야마시로노오에는 정치의 격동 속에서 살해당하고 만다.

그렇다면 그 이후 천황의 혈통은 어디에서 왔을까? 다음 장에서는 그것을 검토, 분석하기로 한다.

제4절 『삼국사기』에 나타난 6세기 중반의 일본과 관련된 한반도 정세

여기서는 게이타이 천황이 서거한 후 안칸, 센카 시대를 거쳐 긴메이 천황의 치세가 끝날 때까지의 일본과 관련된 한반도 정세에 대해 『삼국사기』에서는 어떻게 기록했는지 『일본서기』와 비교하면서 알아보기로 한다.

『일본서기』에는 긴메이 천황 13년에 백제의 성왕이 긴메이 천황에게 불상과 불경을 보냈다고 기록되어 있다.[127] 백제가 일본에 불

---

127) 상게서, p.255.

교를 전래시키는 과정에서 매우 중요한 사실인데도『삼국사기』「백제본기」제4 성왕(聖王) 조에는 왕이 불상이나 불경을 일본에 보냈다는 기록이 남아 있지 않다.[128]

한편,『일본서기』에 긴메이 천황 15년에 신라를 공격한 성왕이 신라에 의해 살해당했다고 기록되어 있고,[129]『삼국사기』「백제본기」에도 성왕 조 554년에 성왕이 신라와 전쟁 중에 죽었다고 기록되어 있다.[130]

성왕의 죽음에 대해「신라본기」제4 진흥왕(眞興王) 조 15년(554)에도 성왕이 신라의 관산성(管山城)을 공격한 기록이 나와 있는데, 처음에는 정세가 신라에 불리했으나 고우도도(高于都刀)가 성왕을 죽여 대승리를 거둔 사실이 기록되어 있다.[131]

가야의 멸망에 대해서는『일본서기』와『삼국사기』에 각각 다음과 같이 기록되어 있다. 우선『일본서기』에는 긴메이 천황 23년에 신라가 가야 10개국의 왕가를 멸망시켰다고 기록되어 있다.[132] 멸망당한 가야국 중에는 안라국, 가라국 등이 포함되어 있다.

그리고『삼국사기』「신라본기」진흥왕조 23년(562)에는 가야의 멸망이 다음과 같이 비교적 상세히 기록되어 있다.

---

128) 전게서,『완역『삼국사기』』, p.434.
129) 전게서,『日本書紀Ⅱ』, pp.264-265.
130) 전게서,『완역『삼국사기』』, p.434.
131) 상게서, p.66.
132) 전게서,『日本書紀Ⅱ』, p.271.

7월에 백제가 군사를 일으켜 이끌고 와 변경을 침입하여 민가를 약탈하므로 왕은 군사를 거느리고 나가 이를 쳐서 몰아냈고, 적 1천여 명을 참획하였다. 9월에 가야가 모반하므로 왕은 이사부(異斯夫)에게 명하여 이를 토평(討平)하게 했고, 사다함(斯多含)을 그 부장으로 삼게 했다. 이때 사다함이 기병 5천 명을 거느리고 앞서 진격하여 전단문(栴檀門)으로 달려 들어가 백기를 세워 놓자, 성 안에서는 크게 두려워하여 어찌할 바를 모르고 있던 중에 이사부가 군사를 이끌고 달려 들어가 공격하니 모두 항복하였다. 가야 반란을 평정하여 그 공로를 논하는 데 있어 사다함이 최상이므로 왕은 그에게 양전과 포로 200구로써 시상하니(후략)[133]

위 인용문에서 보듯이 「신라본기」에는 562년에 가야가 반란을 일으키자 신라의 이사부와 사다함이 이를 평정했다고 기록되어 있다. 즉 『일본서기』의 '가야 멸망 기록'과 비교해 보면 「신라본기」에서는 '신라에 의한 가야 반란 평정의 기록'으로 이뤄져 있다. 그리고 가야 여러 나라의 구체적인 나라 이름을 열거하지 않고 묶어서 '가야'라고 한 것이 「신라본기」의 특징이다.

그렇다면 「백제본기」에는 이에 대해 어떻게 기록했을까? 「백제본기」 제5 위덕왕(威德王) 조에 다음과 같은 기록이 있다.

8년(561) 7월에 왕은 군사를 파견하여 신라의 변경을 침공하였으나 신라가 군사를 내어 역격하므로 패하여 1천여 명의 사상자를 냈다.[134]

---

133) 전게서, 『완역 『삼국사기』』, p.67.
134) 상게서, p.439.

백제 위덕왕이 561년에 신라 변경을 침공하라고 명하여 백제군이 신라군과 싸웠으나 패배하여 1천여 명의 사상자를 냈다는 기록이다. 같은 내용이 「신라본기」 위덕왕 조에 562년으로 기록되어 있다. 「백제본기」의 기록이 「신라본기」보다 1년 빠르다. 그리고 「백제본기」에는 가야가 망한 기록이 전혀 나와 있지 않다.

　6세기 초부터 6세기 중반에 걸쳐 가야의 여러 나라를 중심으로 주변 국가의 중심적인 사건을 『일본서기』와 『삼국사기』의 「백제본기」, 「신라본기」로 나누어서 표로 정리하면 표-1과 같다.

　이 표-1을 보면 가야에 관한 기록이 『일본서기』에 가장 많이 나왔고, 그 다음이 「신라본기」, 「백제본기」 순이다. 「백제본기」에 가야에 대한 기록이 적은 것은 백제가 망하면서 「백제본기」 원문 자체가 상실되었기 때문이라고 여겨진다. 『일본서기』에는 「백제기」라든가 「백제본기」에서 인용한 인용문이 다수 기록되어 있다. 『삼국사기』의 「백제본기」는 원래의 「백제본기」 원본이 아니므로 양이나 내용의 정확성 면에서 문제가 적지 않다.

표-1 : 6세기 초~6세기 중반의 가야의 여러 나라를 중심으로 본 3지의
주요 기록들

『일본서기』	『삼국사기』「백제본기」	『삼국사기』「신라본기」
506 게이타이 천황 즉위.	502 무령왕 즉위.	500 지증마립간 즉위.
511 임나 4현을 백제에 할양.		514 지증마립간 서거, 법흥왕 즉위.

523 무령왕 서거를 기록. 526 신라, 가야의 남가라 등을 합병. 528 일본, 백제에 대가라의 다사진항 할양. *528 대가라의 왕, 신라왕의 딸과 혼인.* 528 일본이 안라국에서 백제, 신라와 회의. *528 신라, 금관가야 등을 합병.*	523 무령왕 서거, 성왕 즉위.	*522 가야 국왕이 혼인을 청했으므로 법흥왕은 이손비조부의 여동생을 보냄.*
530 게이타이 천황 서거. 536? 긴메이 천황 즉위. 537? 백제에서 임나부흥회의.		*532 금관가야국이 신라에 항복.* 540 법흥왕 서거, 진흥왕 즉위.
552 백제에서 일본에 불교 전래. 554 성왕 서거를 기록.	554 성왕 서거, 위덕왕 즉위.	552 백제의 동북변을 공취, 신주(경기도 광주)를 설치. 백제의 왕녀를 소비(小妃)로 맞이함. 554 백제 성왕을 전쟁터에서 죽였다고 기록.
562 가야 10개국 멸망. 570? 긴메이 천황 서거.	561 백제, 신라 변경을 공격했으나 실패해서 1천여 명 사상.	562 신라, 가야의 반란을 평정.

(주) 밑줄 친 것은 『일본서기』와 「백제본기」가 일치하는 기록. 혹은 3지가 다 일치하는 기록. 이탤릭체는 『일본서기』와 「신라본기」가 일치하는 기록이다.

　『일본서기』는 덴무 천황의 칙명 하에 편찬되어 일본 중심의 편향되고 왜곡된 부분이 적지 않다. 일본의 천황 가를 한반도 각 나라보다 상국의 위치에 놓았다는 점도 감안해야 한다. 이러한 점을 주의하면서 한반도 관련 기록들을 검토한다면 의외로 수수께끼처럼 숨어 있는 해답도 많다. 특히 한반도 고대사 중에서도 가장 축소되고 소실돼버린 백제 연구에 긴요한 사료로서 활용할 수 있다는 장

점이 있다. 더욱이 한반도와 중국의 역사서에는 없지만 『일본서기』에만 기록된 내용도 많다. 이와 같이 다른 사서의 기록과 비교하여 역사적인 사실을 추출해 낼 수 있다는 점에서 『일본서기』는 중요한 사료 중 하나이다.

제5장 고교쿠(皇極)/사이메이(齊明) 천황 시대의 백제와 일본

필자의 가설에 의하면 오오도왕, 즉 게이타이 천황은 가야의 안라국(=가야국 또는 임나) 출신이므로 그 적자인 긴메이 천황과 그 후손들도 안라국의 혈통인 셈이다. 그런데 562년에 가야는 신라에 의해 멸망하고 만다. 이제 일본에 있는 가야 출신의 왕족들은 본국을 상실했으므로 아무리 왕족이라고 해도 본국이 멸망한 왕족이다 보니 권위가 크게 떨어졌음을 쉽게 추측할 수 있다.

그러므로 6세기 초의 게이타이 천황부터 시작된 가야계 왕족보다는 그 이전부터 일본 내에서 세력을 가진 호족들의 힘이 왕가보다 위였을 것이라고 판단된다.

그런 상황에서 긴메이 천황 시대에 대두한 호족이 소가씨(蘇我氏)였고, 일본의 왕가에는 새로운 전환기가 찾아온다. 소가씨는 긴메이 천황과 혼인 관계를 갖고 자신들의 세력을 더욱 확장시키려고 한다. 그런데 긴메이 천황의 자식들 중 장남으로 기재된 비다쓰(敏達) 천황(재위 572년?-585년?)은 긴메이 천황의 뒤를 이어 천황으로 즉위하지만 그는 소가씨와 혈통적 관련이 없는 인물이었다. 그후 소가씨와 혈통 관계인 다른 자식 3명이 모두 차례차례 천황으로 즉위한 다음에 다시 소가씨와 혈통 관계가 없는 천황이 즉위한다. 그는 조메이 천황(재위 629년-641년)이며, 비다쓰의 손자라고 기록되어 있다. 그리고 조메이의 황후인 다카라 황녀가 조메이 천황에 이어 고교쿠 천황으로 즉위한다. 그녀도 소가씨와 혈통적 관계가 없다. 소가씨와 혈통 관계가 없는 비다쓰, 조메이, 고교쿠 천황은 멸망한 가야 출신이 아니고 모두 백제 왕가의 인물들로 보인다.

815년에 일본 왕실이 편찬한 『신찬성씨록(新撰姓氏錄)』에는 다음과 같이 쓰여 있다.

> 오하라 마히토. 이 사람의 출자는 비다쓰의 손자 백제왕이다. 속일본기와 일치한다.(大原眞人 出自諡敏達孫百濟王也 續日本紀合)
> 시마네 마히토. 이 사람의 조상은 오하라 마히토와 같다. 이 사람은 백제 황자의 후예이다.(島根眞人 同祖 大原眞人 百濟親王之後也)[135]

즉 『신찬성씨록』의 기록은 비다쓰의 손자에 백제왕이 있었다는 것을 말해 준다. 그것은 비다쓰 자체가 백제 출신이었음을 뜻한다. 비다쓰는 즉위한 해에 백제대정(百濟大井)이라는 지역에 왕궁을 만들어 일본 왕통과 백제의 관계를 강조한 천황이다.[136]

---

135) 萬多親王等編著, 『新撰姓氏錄』(국립중앙도서관 소장, 1828), p.28
136) 전게서, 『日本書紀 II』, p.287.

이제 가야계 천황에 이어 백제 왕가 출신자가 일본 천황에 오르기 시작하는 것이다. 이 같은 관점에서 제5장을 진행해 나가겠다.

제1절 소가씨(蘇我氏)의 대두

긴메이 천황 서거 후, 일본에서는 긴메이 천황의 자식이라고 기록된 인물들이 잇따라 천황 자리에 오른다. 비다쓰(敏達), 요메이(用明), 스슌(崇峻), 스이코(推古, 여성 천황) 등이 긴메이 천황의 자식이라고 기록되어 있고, 모두 천황으로 즉위한다.[137] 이들 중 당시 세력을 확장한 소가씨(蘇我氏)와 혈통 관계가 없는 황자는 비다쓰뿐이고, 나머지 3명은 모두 소가씨가 바친 소가씨 집안의 황후와 긴메이 천황 사이에서 태어난 천황들이다. 한 마디로 말하면 긴메이 천황 이후 스이코 천황까지 100여 년 동안 소가씨가 막강한 권력을 갖고 대를 이어 조정을 좌지우지했다.

그런 소가씨의 영향력에서 벗어난 사람은 비다쓰이며, 그는 전술한 바와 같이 가야계가 아니라 백제계 천황이었다.

한편 소가씨의 조상에 대해서는 『일본서기』의 오진(應神) 천황 조에 기록되어 있다. 오진 천황 25년에 백제 직지왕(直支王)이 서거하

---

137) 井上光貞他, 『日本書紀Ⅲ』(中公クラシックス, 2003), p.59의 계도.

여 그의 아들 구이신(久爾辛)이 어린 나이로 왕위를 계승했는데[138] 권신 목만치(木滿致)가 국정을 제멋대로 운영하고 국모와 밀통하여 왕실에 크나큰 무례를 저질렀다. 오진 천황은 이 사태를 우려해서 목만치를 일본으로 소환했다.[139] 이 목만치는 소가씨의 계보에 나오는 마치(滿智)와 동일 인물이라고 일컬어진다.[140]

그런데 「백제기」를 인용한 『일본서기』를 보면, 이 목만치는 부친인 목라근자(木羅斤資)가 신라를 토벌했을 때 신라 여성과의 사이에서 태어났으며 부친의 공로 덕에 크게 성장하여 가야(임나)를 통치했고, 백제에서도 세력을 확장했으나 목만치의 악정(惡政)을 알게 된 오진 천황이 그를 일본으로 소환했다고 적혀 있다.[141]

소가씨는 게이타이 천황의 아들 센카(宣化) 천황의 치세에 소가이나메(蘇我稲目)가 대신으로 중용되었고, 긴메이 천황 시대에 백제에서 전래된 불교를 수용·보급시키는데 공로를 세웠다. 또한 오토모(大伴), 모노노베(物部) 두 호족이 몰락하는 사이에 조정 내에서 급성장했다. 이런 전후 사정으로 보아, 결국 소가씨도 백제계의 호족인 것이다.

---

138) 전게서, 『日本書紀 Ⅱ』, p.15.
139) 상게서, p.16.
140) 笠原英彦, 『歷代天皇總覧』(中公新書, 2001), p.35.
141) 전게서, 『日本書紀 Ⅱ』, p.16.

제2절 소가씨와 혈통 관계가 없는 조메이 천황과 고교쿠 천황, 그리고 소가씨의 횡포

여성 천황인 스이코 천황 서거 후에는 소가씨의 혈통 관계인 쇼토쿠 태자의 아들 야마시로노오에(山背大兄)와, 소가씨와 혈통 관계가 없는 비다쓰의 손자인 다무라(田村) 왕자가 왕위 계승자 후보에 올랐다.

전술한 바와 같이 비다쓰가 백제 왕가의 핏줄일 경우, 소가씨는 백제 왕가와 가야계 왕가 사이에서 고민했을 것이다. 『일본서기』에는 소가 에미시가 차기 천황을 지명하는 문제로 고뇌하는 모습이 상세하게 묘사되어 있다.

소가 에미시(蘇我蝦夷) 대신은 결국 다무라 왕자를 택해 조메이(舒明) 천황으로 즉위시킨다.[142] 『일본서기』는 스이코 천황이 후계자를 확실하게 지정하지 않고 서거했으므로, 소가 에미시 대신이 천황으로 야마시로노오에를 즉위시킬지 다무라 왕자를 즉위시킬지에 대해 판단을 내리지 못하고 여러 중신들의 의견을 들었던 내용이 상세히 기록되어 있다.[143] 『일본서기』에는 소가 에미시가 독단으로 왕위 계승자를 결정하려고 했으나 다른 군신(群臣)들이 따르지 않았다

---

142) 전게서, 『日本書紀Ⅲ』, p.55.
143) 상게서, pp.45-54.

고 적혀 있다.[144] 원래 소가 에미시는 자신의 핏줄인 야마시로노오에를 천황에 옹립하려 했다는 뜻이다. 그러나 결국 소가 에미시는 야마시로노오에를 강력히 미는 소가씨 일족의 마리세(摩理勢)를 살해하고 다무라 왕자를 조메이 천황으로 즉위시킨다. 소가 에미시의 이러한 부자연스러운 행동이 『일본서기』에 그대로 기록되어 있다. 필자는 백제가 소가씨에게 압력을 넣어 백제 왕족의 핏줄인 다무라 왕자를 천황으로 즉위시키게 했으며, 그런 연유로 이처럼 부자연스러운 이야기가 전개되었다고 본다.

조메이 천황은 비다쓰의 4대손인 다카라(寶) 황녀를 황후로 맞아들였다. 다카라 황후는 남편인 조메이 천황이 서거한 후에 고교쿠(皇極) 천황으로 즉위한 여성 천황이며, 그녀 또한 소가씨와 전혀 혈통 관계가 아니었다. 한편 조메이 천황은 소가씨의 혈통을 가진 여성을 첩으로 맞이하였고, 그 여성은 조메이 천황 사이에서 후루히토노오에(古人大兄) 왕자를 낳았다.[145]

『일본서기』에 기록된 위의 내용만을 살펴봐도, 필자는 비다쓰와 혈통적으로 연결되는 조메이 천황은 물론이고 여성 천황 고교쿠 천황도 백제 왕족 출신이라고 본다. 그 이유를 앞으로 진행될 논리 전개 과정에서 밝히기로 한다.

조메이 천황이 서거하자 황후 다카라 황녀가 고교쿠 천황으로

---

144) 상게서, p.45.
145) 상게서, p.56.

즉위한다.[146] 이 무렵에는 소가 에미시의 아들 소가 이루카(蘇我入鹿)가 국정을 좌지우지했고, 그 권세는 부친 에미시 이상이었다고 『일본서기』에 기록되어 있다.[147]

고교쿠 천황이 즉위한 후 소가씨의 횡포가 날로 심해져 갔다고 『일본서기』는 전한다. 고교쿠 천황이 즉위한 해에 소가 에미시는 조상의 묘(廟)를 세워 그 앞에서 8열로 64명이 춤을 추게 했다. 이 춤은 팔일무(八佾舞)라 하여 중국의 천자만이 춤추게 할 수 있는 특권 춤이라고 전해진다.[148]

또한 에미시는 천하를 노린다는 뜻이 들어 있는 노래를 읊었다. 또한 백성들은 물론이고 호족들의 사유민(私有民)까지 마음대로 징발하여 자신들의 묘를 조영하게 했고, 에미시의 묘를 대릉(大陵), 이루카의 묘를 소릉(小陵)으로 부르게 했다.[149] 이는 언젠가 자신들이 천황 가를 제거하여 새로운 왕가가 되겠다는 도발로도 보이는 행동이었다.

마침내 고교쿠 천황 2년 10월에 소가 이루카는 독단으로 쇼토쿠 태자의 왕자들을 폐하고, 소가씨의 혈통을 이어받은 후루히토노오에를 고교쿠 천황 다음의 왕위 승계자로 세우려고 한다. 이때 야마시로노오에 왕자 등 쇼토쿠 태자의 자식들이 모두 이루카에 의해

---

146) 상게서, p.65.
147) 상게서, p.65.
148) 상게서, p.73.
149) 상게서, p.73.

살해당하고 만다.[150]

그런데 쇼토쿠 태자의 아들 야마시로노오에는 소가씨의 혈통이 있었는데도 왜 소가 이루카는 그 가족을 모두 제거해 버렸을까?

그 이유는 다음과 같다고 본다. 게이타이 천황의 핏줄은 소가씨의 피가 섞였다고는 해도 원래 가야의 안라국 왕족 핏줄이었다. 그러나 안라국은 이미 562년에 망해 버렸고, 이후 소가씨는 본국을 잃은 천황 가에 오만하게 대했다. 그 연장선상에서 소가 에미시는 소가씨와 혈통 관계이지만 자신들을 적대시했던 스슌(崇峻) 천황(재위 587?-592)을 살해하기에 이른다.

스슌 천황 다음에는 여성 천황 스이코(推古) 천황(재위 592-628)이 즉위했는데, 머리가 좋은 스이코 천황은 조정과 소가씨 사이를 공평하게 저울질하면서 살아갔다. 그래서인지 스이코 천황은 차기 천황에 대해 확실한 언급을 남기지 않은 채 세상을 떠났다.[151] 그런데 전술한 바와 같이 소가씨는 조메이 천황과 소가씨 가문의 여성 사이에 태어난 후루히토노오에를 왕위 계승자로 세우기 위해 야마시로노오에를 살해하고 만다. 후루히토노오에는 백제계 조메이 천황의 핏줄이자 소가씨의 핏줄도 이어받은 인물이다. 그러므로 소가씨는 그때까지의 가야계 천황과 혈통 관계를 맺어 왔던 전략을 바꾸어 본격적으로 백제계 천황과 혈통 관계를 맺기 시작한 것이다.

돌이켜보면 긴메이 천황 시대인 562년에 가야는 망했다. 그러므

---

150) 상게서, pp.77-80.
151) 상게서, pp.45-46.

로 가야계 긴메이 천황 다음에는 시국의 안정을 위해 백제 왕가에서 왕족을 일본에 보냈으며, 그렇게 일본으로 건너간 왕족 중 한 사람인 비다쓰가 천황으로 즉위했다고 판단된다. 시국이 어느 정도 안정된 다음에는 긴메이 천황의 자식들인 가야계 천황 요메이(用明), 스슌(崇峻), 스이코(推古)가 순서대로 즉위했지만 전술한 바와 같이 소가씨는 스슌 천황을 살해하는 등 그때부터 가야계 천황들에게 오만하게 굴기 시작한다.

그런데 조메이 천황이 서거했을 때 적자인 나카노오에(中大兄)는 아직 16세의 나이였지만[152] 후루히토노오에를 제치고 장남의 자격으로 아버지인 조메이 천황의 장례식 책임을 맡는다.[153]

조메이 천황 다음에는 그의 황후인 다카라 황녀가 고교쿠 천황으로 즉위[154]한다. 『일본서기』에는 조메이 천황 다음에 조메이 천황의 황후가 고교쿠 천황으로 즉위한 경위가 드러나 있지 않지만, 소가씨가 후루히토노오에를 천황으로 즉위시킬 때까지 그 중간 역할로서 다카라 황녀를 천황에 올렸을 것이다.

이제 그 다음으로 소가씨의 핏줄을 가진 백제계 황자 후루히토노오에가 천황으로 즉위하느냐, 소가씨와 혈통 관계가 없는 백제계 황자 나카노오에가 천황으로 즉위하느냐 하는 문제로 옮겨가겠다.

---

152) 상게서, p.62.
153) 상게서, p.62.
154) 상게서, p.65.

제3절 나카노오에(中大兄)의 등장과 을사(乙巳)정변

소가씨의 핏줄이면서도 가야계였던 야마시로노오에를 대신해서 자신들의 핏줄이며 백제계 혈통인 후루히토노오에를 고교쿠 천황 다음의 천황으로 즉위시키기 위해 소가씨는 분주하게 움직이기 시작한다. 그것은 먼저 소가 이루카가 야마시로노오에를 살해하는 사건으로 나타난다. 또한 고교쿠 천황이 나카노오에를 차기 천황으로 지명하지 못하게 하려고 자신들의 권위를 과시하는 방책을 쓴다. 그것이 마치 천황처럼 행동하는 오만함으로 나타났는데, 그 결과 후루히토노오에와 그의 이복동생이자 조메이 천황의 적자로 기록된 나카노오에와의 대결이 불가피해진다.

그리고 후루히토노오에의 후견인인 소가 이루카가 야마시로노오에를 살해했으므로 나카노오에가 왕위를 계승하려면 가장 먼저 제거해야 할 대상이 소가 이루카였다.

그래서 나카노오에는 충신 나카토미노 가마타리(中臣鎌足)[155]와

---

155) 나카토미노 가마타리(中臣鎌足, 614 - 669) : 처음의 이름은 가마코(鎌子)였으며, 후에 나카토미노 가마타리로 개명하여 주로 그 이름으로 불렸으나, 죽기 1년 전 덴지(天智) 천황으로부터 대직관(大織冠) 관위와 함께 후지와라노 아손(藤原朝臣)이라는 호칭을 하사받은 후에는 「후지와라씨(藤原氏)의 시조」로서 후지와라노 가마타리로 불렸다. 645년 나카노에오 왕자(中大兄皇子) 등과 함께 '을사(乙巳)정변'을 일으켜 소가씨(蘇我氏)의 전횡을 무너뜨렸으며, '다이카개신(大化改新)'이라 불리는 왕 중심의 중앙집권적 정치 개혁을 추진하여 율령국가의 기초를 마련하였다.

힘을 합해 소가 이루카를 제거할 계획을 세웠다. 645년 6월 12일, 나카노오에 등은 삼한의 사절들이 고교쿠 천황을 알현하는 날에 맞춰 이루카를 살해하려는 계획을 세웠는데, 삼한의 사절들 대신 나카노오에의 협력자가 삼한에서 온 국서를 읽을 때 나카노오에를 선두로 해서 3명이 이루카를 살해한다는 계획이었다.[156]

계획대로 6월 12일, 삼한의 사절로 위장한 그들의 협력자가 고교쿠 천황 앞에서 거짓 국서를 읽고 있을 때 나카노오에 등 3명이 갑자기 나타나서 이루카를 습격했다. 이루카는 놀라서 고교쿠 천황에게 다가갔지만 아랑곳없이 무자비하게 살해당하고 말았다. 사태는 다음과 같이 진행되었다.

> "(전략) 제가 무슨 죄를 저질렀다는 겁니까? 명백히 밝혀 주십시오."
> (고교쿠) 천황은 몹시 놀라서 나카노오에에게 물으셨다.
> "도대체 무슨 일이냐? 어째서 이런 짓을 한 거냐?"
> 나카노오에는 엎드려서 천황에게 말씀드렸다.
> "안작(鞍作 : 소가 이루카의 별명)은 황족을 멸망시켜 황위를 끊으려 했습니다. 안작으로 인해 천손이 망하는 일은 없어야 합니다."
> (고교쿠) 천황은 즉시 자리에서 일어나 궁전 안으로 들어가셨다.[157]

고교쿠 천황이 궁전 안으로 들어간 후 이루카는 살해당했다. 이때 고교쿠 천황의 태도는 나카노오에 등에게 이루카 살해를 용인한

---

156) 상게서, p.88.
157) 상게서, pp.89-90.

행동으로 해석된다. 이 사건을 일본에서는 '을사(乙巳)정변' 또는 '을사의 변(乙巳の変)'이라고 일컫는다.

이 정변에서 소가씨 일족을 멸망시킨 후 나카노에오 왕자는 체제를 쇄신하여 아스카시대 새로운 역사의 문을 연다. 이 쿠데타에 성공하자 나카노오에는 충신 나카토미노 가마타리와 힘을 합쳐 '다이카 개신(大化改新)'이라는 개혁을 단행한다. 정변 후에 행해진 일종의 정치 개혁을 말한다. 다이카 개신은 645년에 새로 즉위한 고토쿠(孝德) 천황(재위 645-654)이 다음 해인 646년 정월 초하룻날에 자신의 정치 방침인 '개신의 소(改新の詔)'를 발표하며 정치에 대대적인 변화를 꾀한다. 그에 따라, 천황의 궁을 나라(奈良)의 아스카(飛鳥)에서 나니와궁(難波宮, 현재의 오사카시 주오구[大阪市 中央区])으로 옮긴다. 이때부터 소가씨를 비롯하여 아스카의 호족을 중심으로 하는 정치에서 천황을 중심으로 하는 정치로 바뀐다. 즉 권력의 판도가 바뀌어 왕을 중심으로 재편되었다. 또한 '다이카(大化)'는 일본 최초의 원호(元号)이다.

그런데 고교쿠 천황 바로 옆에 앉아 있었다고 기록된 후루히토노오에는 이루카 살해를 처음부터 끝까지 지켜본 후에 자신의 집에 돌아가 사람들에게 다음과 같이 말했다고 『일본서기』에 기록되어 있다.

"한인(韓人)이 안작신(鞍作臣=소가 이루카)을 죽였다. 나는 마음이 아프다."[158]

후루히토노오에는 고교쿠 천황 옆에서 고교쿠 천황과 나카노오에의 대화, 나카노오에 등에 의해 이루카가 살해당하는 장면 등을 직접 눈과 귀로 확인한 인물이다. 그런데 그는 '한인(韓人)'이 이루카를 죽였다고 사람들에게 말했다. 즉 나카노오에를 가리켜 후루히토노오에는 '한인'이라고 말한 것이다. 생각해 보면 후루히토노오에도 백제계 천황 조메이의 아들이므로 '한인'임이 분명하다. 그러나 후루히토노오에가 말한 '한인'이란 일본에 사는 백제계가 아니라 바로 최근에 백제에서 온 백제인이라는 뜻으로 해석해야 한다.

현재까지도 일본의 사학자들은 이 문장에 대해서 '삼한의 행사를 이용해서 죽였다.'[159]는 식으로 해석해 왔으나, 천황 옆에서 구체적으로 사건을 목격한 후루히토노오에가 말한 '한인'을 그런 식으로 해석한다는 것은 왜곡이라는 판단이다. 후루히토노오에는 분명히 나카노오에를 가리켜 '한인'이라고 말했다.

후루히토노오에의 이 말은 나카노오에가 근래 백제에서 도일한 백제인임을 밝힌 셈이다. 나카노오에는 고교쿠 다음 천황인 덴지(天智) 천황으로 즉위했으며, 그 후 덴지 천황의 계보가 현재의 아키히토(明仁) 천황까지 이어졌다. 그런데 나카노오에가 '한인'이라면 일본 천황의 혈통이 백제계라는 것이 확실시된다.

---

158) 상게서, p.90.
159) 상게서, p.90.

사진16. 을사정변 두루마리 그림 『도오노미네엔기에마키(多武峰縁起絵巻)』; 에도시대의 화가 스미요시 조케이(住吉如慶, 1599~1670)와 그의 아들 스미요시 구케이(住吉具慶, 1631~1705)의 합작품. 좌측 위가 고교쿠 천황. 나카토미노 가마타리(中臣鎌足)를 신으로 모시는 단잔(談山) 신사(나라현 사쿠라이 시[奈良県 桜井市] 소재) 소장.

필자는 앞에서 가야의 안라국 왕족의 혈통이 게이타이 천황에서 스이코 천황까지 이어졌다고 보았다. 물론 그중 비다쓰는 가야계가 아니고 백제 출신이므로 비다쓰는 제외된다. 그리고 스이코 천황 다음에 즉위한 비다쓰의 손자인 조메이 천황과 그의 황후인 고교쿠 천황이 백제인이므로 그들의 적자라고 계보 상에 기록된 나카노오에는 바로 그때 백제에서 일본으로 건너간 의자왕의 아들이었다고 해석할 수 있다. 말하자면 백제의 왕자들 중 백제왕으로 즉위하지 못한 왕자가 일본으로 건너가 천황이 되었음을 의미한다.

사진17. 바둑판 목화자단기국(木畵紫檀 碁局). 일본 나라(奈良)의 쇼소인(正倉院) 소장.

사진18. 바둑돌 홍아감아발루기자(紅牙紺牙撥鏤棊子). 일본 나라(奈良)의 쇼소인 소장.

　당시의 정황을 뒷받침하는 사료로서 일본의 쇼소인(正倉院)에 소장되어 있는 바둑판 목화자단기국(木畵紫檀棊局)[160]이다. 이 바둑판과 바둑판 보관함, 바둑돌 홍아감아발루기자(紅牙紺牙撥鏤棊子, 붉은색과 청색의 바둑돌)와 바둑돌 통 은평탈합자(銀平脫合子) 등을 백제의

160) 목화자단기국(木畵紫檀碁局) : 일본 황실의 보물을 보관하는 곳인 나라(奈良, 아스카시대의 수도)의 쇼소인(正倉院)의 소장품 중 상당수는 『국가진보장(國家珍寶帳)』이라는 유물 목록에 명칭과 유래가 기록되어 있는데, 바둑판인 목화자단기국과 보관함, 홍아감아발루기자(紅牙紺牙撥鏤棊子: 붉은 색과 청색의 바둑돌)와 은평탈합자(銀平脫合子: 바둑돌 통)가 백제의 마지막 왕 의자왕(義慈王, 재위 641-660)이 당시 일본의 권력자였던 후지와라노 가마타리에게 준 선물이라는 기록이 남아 있다. 지금도 아름다운 장식이 선명하게 빛나며 양호한 상태로 보관되어 있다.

의자왕이 당시 최고의 귀족인 나카토미노 가마타리에게 보낸 선물이다.

제4절 조메이, 고교쿠, 나카노오에(中大兄)에 대한 일고(一考)

나카노오에는 계보 상 조메이 천황과 고교쿠 천황 사이에서 태어난 적자로 기록되어 있고,[161] 태어난 해는 626년(=스이코 천황 34년)으로 되어 있다.[162] 하지만 『일본서기』에는 출생에 대한 구체적인 언급이 없다.

조메이 천황 2년(=서기 630년)에 조메이 천황이 다카라 황녀(후의 고교쿠 천황)를 황후로 맞아 나카노오에 등 3명의 아이를 낳았다는 기록은 있으나 아이를 낳은 해와 날짜에 대한 기록이 없다.[163] 한편 631년(조메이 천황 3년)에는 다음과 같은 기록이 있다.

(백제) 의자왕이 왕자 풍(豊)을 인질로 (일본에) 보내왔다.[164]

백제 의자왕이 왕자 풍을 일본에 보냈는데, 풍이 인질이었다는

---

161) 상게서, p.56.
162) http://ja.wikipedia.org/wiki/天智天皇.(검색 : 2010.11.20.)
163) 전게서, 『日本書紀Ⅲ』, p.56.
164) 상게서, p.57.

『일본서기』의 구절은 일본 천황 가의 권위를 높이려는 후세의 조작이라고 볼 수 있다. 사실은 의자왕이 왕자 풍을 일본에 다른 목적으로 보냈다고 판단된다. 의자왕의 장남은 융(隆)이고, 그는 의자왕의 태자로서 백제에 남아 있었다. 그러므로 풍은 의자왕의 차남이었거나 삼남, 혹은 조카였을 가능성이 점쳐진다. 조카도 왕자이므로 백제왕을 계승하는 서열 순서에 포함되었을 것이다.

그런데 642년(고교쿠 천황 원년)에 도일한 백제의 사절이 다음과 같이 고교쿠 천황에게 전한다.

> "백제국의 왕(=의자왕)은 저에게 '새상(塞上 : 의자왕의 남동생, 당시 일본에 있었다.)이 항상 좋지 않은 행동을 하고 있으니, 사절들이 귀국할 때 함께 백제로 귀국하게 해주었으면 하는데, 천황께서 허락하지 않으실 것이다'라고 하셨습니다."[165]

이는 의자왕의 남동생 새상이 당시 일본에 머물고 있었음을 밝히는 기록이다. 의자왕의 남동생과 왕자가 일본에 가 있다는 기록을 볼 때, 의자왕의 남동생인 새상의 도일은 왕자 풍을 돌보기 위한 목적이었을 가능성이 높다.

『일본서기』에서 새상에 대한 기록은 이것뿐이다. 사이메이 천황 시대에 새상에 대한 기록이 다시 나오는데, 그 기록에는 새상이 풍의 동생으로 되어 있어 두 기록 간에 모순이 존재함을 알 수

---

165) 상게서, p.66.

있다.[166] 그러나 사이메이 천황 시대의 새상에 대한 기록은 주석 속에 나온 내용이므로 본서에서는 본문에 나온 고교쿠 천황 시대의 새상에 대한 기록 — 즉 그가 의자왕의 동생이라는 내용을 따르기로 한다.

필자는 의자왕의 동생 새상과 조메이 천황을 동일 인물로 본다. 그 이유는 장남이 아닌 백제왕의 남동생 새상은 백제에서는 왕이 될 수 없었으므로[167] 일본에 건너가 천황이 되었다고 판단된다.

조메이 천황의 아버지는 비다쓰의 장남인 히코히토노오에(彦人大兄)로 되어 있으나 이 인물은 업적을 남긴 흔적이 없다. 오히려 쇼토쿠 태자가 빛나는 업적을 남겼다. 그럼에도 쇼토쿠 태자의 아들인 야마시로노오에를 제치고 조메이가 천황으로 즉위했는데, 이는 상식적으로 이해가 가지 않는 대목이다.

전술한 바와 같이, 소가 에미시가 소가씨의 혈통을 이어받은 야마시로노오에를 천황으로 즉위시키는 데 신중했다고 『일본서기』에 나와 있는데, 쇼토쿠 태자가 행한 업적을 생각할 때 그의 아들 야마시로노오에를 천황으로 즉위시킬 만한 조건은 충분했다고 보인다.

한편, 『일본서기』의 조메이 천황 시대의 기록을 보면, 조메이 천황의 업적이 별로 나와 있지 않다. 『일본서기』의 조메이 천황 조에는 전술한 바와 같이 다무라 왕자(=조메이)가 야마시로노오에를 제치고 천황으로 즉위하는 과정이 대부분인데, 그는 정치는 하지 않

---

166) 상계서, p.177.
167) 상계서, pp.45-56.

고 거의 놀고 지낸 것이 아닐까 생각될 만큼 업적다운 업적이 보이지 않는다. 그는 즉위 2년에 당으로 견당사를 파견했고, 즉위 9년에 동북쪽의 토착민 에미시(蝦夷)를 토벌했으며, 즉위 11년에 백제대사와 백제궁의 조영을 시작해서 백제강 강가에 9층탑을 세웠다.[168] 이 정도가 『일본서기』에 기록된 그가 행한 내용이다.

그 외에 조메이 천황은 주로 삼한이나 당나라에서 온 사절을 만나 연회를 베풀고 온천에 다녀오는 등 즐기는 생활을 되풀이하면서 유유자적한 삶을 살았던 것으로 보인다.[169] 악행이 기록된 것은 아니지만, 그렇다고 좋은 천황이었다고 증명할 만한 기록도 없다. 의자왕이 남동생 새상에 대해 '좋지 않는 행동을 하고 있으니 귀국시켜 달라'고 요청한 때가 바로 『일본서기』에 기록된 조메이 천황이 서거하고 그의 황후인 고교쿠가 천황 자리에 오른 해였다. 그런데 조메이 천황을 새상이라고 상정해 볼 때, 의자왕의 요청으로 조메이(새상)는 천황 자리에서 물러나야 했고, 천황 자리에서 내려와 백제로 돌아갔든 재야에서 살았든 『일본서기』에는 세상을 떠난 것으로 기록했다는 이야기가 된다.

또한 조메이 천황과 고교쿠 천황은 삼한 중 백제를 특별히 예우했다는 것을 입증해 주는 기록들이 많다. 예를 들면 조메이 천황은 즉위 11년 7월에 백제강 강가에 백제궁과 백제대사[170]를 건립

---

168) 상게서, pp.56-62.
169) 상게서, p.62.
170) 백제대사(百済大寺) : 현재의 다이안지(大安寺). 나라현 기타카쓰라기군 고료초

했다.[171] 당시 일본은 삼한과 대대적으로 외교를 펼치고 있었다. 그러므로 조메이 왕조는 백제뿐 아니라 고구려와 신라에서 온 사절들도 대거 받아들였다. 그렇다고는 해도 조정에서 가장 대접한 나라는 백제였다. 조메이 천황 즉위 12년 10월 그는 자신이 지은 백제궁으로 이사를 했고, 1년 후인 13년 10월에 백제궁에서 서거했다고 기록되어 있다. 이때의 장례식을 '백제 대빈(大殯)'이라고 했다.[172] 원래 '백제 대빈'은 백제왕이 서거했을 때 행하는 최고의 장례인 3년 장을 가리킨다. 그런 기록을 봐도 조메이 천황은 확실히 백제 왕족, 즉 의자왕의 남동생 새상이었을 가능성이 높다. 그 뒤를 이어 천황으로 즉위한 황후 고교쿠 천황은 백제대사를 완공시켰다.[173]

이런 식으로 조메이 천황과 고교쿠 천황 시대에는 백제에 대해 특별하고도 대단한 대우가 있었다. 현재 기나이(畿內) 지방의 나라, 교토, 오사카 등지에는 여기저기 백제(百濟)라는 지명이 많고 백제사(百濟寺) 등 여러 사찰이 남아 있는데, 이는 백제에서 온 도래인들

구다라(奈良県 葛城郡 広陵町 百濟) 소재. 617년 스이코 천황 25년에 쇼토쿠 태자가 구마고리(熊凝)에 창건하였고, 639년 조메이(舒明) 천황에 의해 백제강가로 옮겨지어 백제대사라 칭했다. 초기의 국가사원이었고 최초의 관사(官寺)였다. 화제로 불타 673년 덴무(天武) 천황 2년에 다시 다케치군(高市郡)에 건립하여 다이칸대사(大官大寺) 등으로 부르다가 710년 수도 천도와 함께 현재의 자리로 옮겨왔다. 원래의 백제대사 자리에는 823년 승려 구카이(空海, 774-835)가 삼중탑(三重塔)을 지어 백제사라 칭했다.

171) 전게서, 『日本書紀Ⅲ』, p.61.
172) 상게서, p.62.
173) 상게서, p.71.

사진19. 백제대사(百済大寺) 본당. 617년 쇼토쿠 태자가 창건. 이후 옮겨 지어 백제대사(百済
大寺), 다이칸다이지(大官大寺) 등으로 불렸으나 710년 현재의 자리로 옮겨와 다이안지(大安
寺)로 개칭.

과 깊이 관련된 지명과 사원이라고 알려져 있다.[174]

결국 나카노오에의 계보 상 부모로 기록된 조메이 천황과 고교
쿠 천황은 두 사람 다 백제에서 온 왕족이었고, 조메이 천황은 『일
본서기』에 기록된 새상일 가능성이 높다.

그러면 고교쿠 천황과 계보 상 그의 아들로 기록된 나카노오에
는 누구일까?

고교쿠 천황과 나카노오에는 소가씨의 혈통을 이어받지 않았고,
645년 6월에 을사정변[175]에서 소가씨를 제거한 사람들이다. 그리고

---

174) http://ja.wikipedia.org/wiki/百済寺(검색 : 2010. 11. 23.)
175) 을사정변 : 일본어로는 '잇시노헨(乙巳の変)'이라고 하지만 본서에서는 '을사정변'
    이라고 칭한다. 서기 645년 나카노오에(中大兄) 황자와 나카토미노카마코(中臣鎌
    子) 등이 궁중에서 소가노이루카(蘇我入鹿)를 암살하여 소가씨 일족을 제거한 아
    스카시대의 정변. 그 후 나카노에오 왕자는 체제를 쇄신해서 다이카 개신(大化の

전술한 바와 같이 나카노오에를 가리켜 후루히토노오에는 '한인(韓人)'이라고 불렀다.

조메이 천황이 백제인이라면, 조메이 천황과 소가씨족 사이의 핏줄인 후루히토노오에도 분명 백제계이다. 그런데 그가 '한인'이라고 부른 대상은 나카노오에였다. 그러므로 여기서 '한인'이란 일본인의 피가 섞이지 않은 백제인을 가리키는 말로 봐야 한다.

나카노오에의 계보 상의 부모는 조메이와 고교쿠이므로, 고교쿠가 백제인이라면 나카노오에도 백제인이다. 그런데 나카노오에가 당시 일본에 가 있던 의자왕의 왕자 풍이라면 틀림없이 그는 백제인, 즉 '한인'으로 불릴 자격을 갖추었다고 할 수 있다.

조메이 천황은 즉위 2년째에 다카라 황녀를 황후로 삼았고 둘 사이에는 나카노오에와 오아마(大海人) 황자, 그리고 딸 한 명이 태어났다고 『일본서기』에는 기록되어 있다.[176] 오아마 왕자는 후의 덴무(天武) 천황이다. 다카라 황녀, 즉 고교쿠 천황의 혈통에 대해서는 비다쓰의 증손녀라고 기록되어 있다.[177] 요컨대 이 기록에 의하면, 그녀도 백제 왕가 출신의 비다쓰의 핏줄이므로 백제 여성인 것이다. 고교쿠는 조메이 천황의 뜻을 이어받아 백제대사를 완성시켰고, 백제에서 온 사절들을 예우했다. 그리고 의자왕의 왕자 풍으로 보이는 나카노오에를 잘 보호하는 역할을 맡았다. 백제가 망한 후

改新)이라 부르는 정치개혁을 단행한다.
176) 전게서, 『日本書紀 III』, p.56.
177) 상게서, p.65.

백제의 충신 귀실복신(鬼室福信)의 요청에 의해 풍을 옛 백제 땅으로 보냈을 때, 사이메이(齊明) 천황(다시 천황으로 즉위한 고교쿠 천황의 새로운 천황 명)은 풍을 일본 내에서 백제왕으로 즉위시켜 그를 옛 백제 땅으로 보냈다는 기록이 있다.[178]

여기서 의문이 드는 것은 '사이메이(고교쿠) 천황은 어떤 자격으로 풍을 백제왕으로 즉위시켰을까?'라는 점이다. 이럴 경우, 일반적으로는 풍이 옛 백제 땅으로 돌아간 다음에 그곳에서 백제 백성들에 의해 왕에 올라야 한다. 그런데 사이메이 천황은 풍을 일본 땅에서 백제왕으로 즉위시켰다. 어떻게 이런 일이 가능했을까? 그것은 사이메이 천황 자체가 백제 왕족이었다고 가정하면 금방 문제가 풀린다. 즉 사이메이 천황은 의자왕의 부인 중 한 사람이자 풍의 실제 어머니였을 가능성을 필자는 제기하는 바이다.

조메이 천황이 그녀를 즉위 2년째에 황후로 세웠다고 기록되어 있으며, 즉위 3년째에 의자왕이 왕자 풍을 인질로 일본에 보냈다고 기록된 것은 전술한 바와 같다.

필자는 의자왕의 남동생 새상과 의자왕의 부인 다카라 황녀가 일본으로 건너가 의자왕의 왕자인 풍을 돌봐주는 역할을 맡았으며, 이와 동시에 백제계 혈통으로서 일본의 새로운 천황 가를 장악할 계획이었다고 본다. 그 목적은 일본 내의 소가씨 세력에 대항하여 일본을 친 백제세력으로서 새롭게 탄생시키기 위해서였다. 그런 작

---

178) 상게서, pp.176-177.

업을 통해 백제 왕조는 일본과 힘을 합해 신라의 침공을 막기 위한 전선을 구축할 계획을 세웠으리라고 본다.

그런 필자의 가설을 뒷받침하는 증거는 위에서도 다수 서술했지만, 다음과 같은 『일본서기』의 기록도 힘을 실어 준다.

을사정변 후 천황 자리를 사퇴한 고교쿠 천황은 나카노오에의 의견에 따라 그녀의 동생이라고 기록된 고토쿠(孝德) 천황을 즉위시켰다.[179] 나카노오에를 천황으로 즉위시키기 전의 중간 역할을 고토쿠 천황에게 맡긴 것이다.

그런데 고토쿠 천황 즉위 3년(647) 『일본서기』에 다음과 같은 기록이 있다.

신라가 상신 대아손(大阿飡) 김춘추(金春秋) 등을 보내 (중략) 꿩 1마리, 앵무새 1마리를 헌상했다. 그리고 춘추를 인질로 삼았다. 춘추는 용모가 수려하고 화술이 뛰어났다.[180]

이 기록을 보면 신라의 재상 김춘추가 일본에 건너가 인질이 되었다는 것이다. 김춘추에 대한 기록은 이뿐이다. 이 기록을 완전한 허위라고 무시할 수도 있겠지만 필자는 그렇지 않다고 본다. 당시의 한중일 삼국의 정세로 볼 때 백제가 일본을 끌어들여 연합 전선을 준비하고 있다는 정보를 접한 김춘추가 일본의 내정을 탐색하기

179) 상계서, p.95.
180) 상계서, pp.126-127.

위해 일본으로 건너갔을 가능성을 이 기록은 암시하고 있다. 김춘추는 일본 내부를 살피고 신라에 귀국해서 백제·일본 연합군에 대항하기 위해 나당연합군을 구축하는 데 성공한다. 즉 김춘추가 당을 끌어들인 가장 중요한 요인 중 하나가 일본을 분국으로 삼아서 백제·일본 연합군을 편성하려는 백제의 낌새를 알아차렸기 때문이었다.

당시 한반도의 정세는 긴박하게 돌아가고 있었다. 수(隋)나 당(唐)과 국경을 맞댄 고구려와는 달리 백제와 신라는 동북아시아 대륙의 국제 정세 변화의 여파를 직접적으로 받지 않는 위치였으므로 위기 상황에서도 어느 정도 여유가 있었다.[181] 7세기 무렵 백제의 입장에서 볼 때 고구려는 수와 당을 막아주는 방패 역할을 해주고 있었다. 당연히 백제의 주적은 신라였고, 신라만 복속시키면 되었다. 백제는 동쪽 바다 건너 왜에 자신의 혈족들이 왕권을 쥐고 있었으니 왜를 관리하는 일이 더 우선이었다. 이와는 반대로 수와 당은 백제와 신라가 고구려의 남쪽을 침략하거나 혼란을 야기해 주기를 바랐다. 백제는 수와 당의 고구려 정벌에 관심이 없었지만 겉으로는 수나 당과 동맹국인 척하며 신뢰를 얻고 있었다. 수나라가 고구려를 침공할 때도 백제는 여러 차례 사신을 보내 길잡이가 되어주겠다고 약속을 하면서 잘 가장하고 있었다. 오랫동안 백제와 고

---

181) 여기서부터 이 단락이 끝나는 곳까지의 일부를 안성진의 글 〈'7세기 백제와 신라의 외교동맹전략', 『동북아역사문제』(2014.4.25.)〉을 참고하여 필자의 의견을 썼다.

구려가 대립해 왔으므로 수와 당은 백제를 믿었다. 이러한 백제의 견제 정책은 수가 망하고 당이 들어선 후에도 계속 유지되었으며 서로 우호적인 관계였다.

그러나 당나라와 백제의 동맹관계가 신라로 바뀌는 사건이 일어난다. 그것은 서기 645년에 벌어진 고구려와 당 사이의 전쟁이었다. 당이 고구려를 공격했을 때 백제는 당을 돕기로 약속한 채 당에 원조를 하지 않고 신라를 공격한다. 백제는 고구려와 당나라를 오가며 신라를 치겠다는 정책을 고수했는데 그것이 큰 실책이었다. 그 이유는 신라가 백제 침공의 위험을 무릅쓰고 내부의 갈등과 논란 끝에 당이 요청한대로 고구려 땅에 3만 명의 지원군을 보냈기 때문이다. 신라의 입장에서는 백제의 공세를 막아내며 당에 원군을 보내야 했으므로 엄청난 모험이었다. 하지만 이는 당이 고구려 정벌의 동맹국을 백제에서 신라로 교체하는 결정적인 계기가 되었다. 당시 백제는 당의 요구를 들어주지 않으면 분명히 관계가 악화된다는 걸 알면서도 원병을 보내지 않았는데, 시간이 지나면 당과의 신뢰관계를 회복할 자신이 있었거나 고구려가 국경을 막고 있으니 직접적인 피해는 받지 않으리라고 예상했던 듯하다. 그러나 가장 직접적인 이유는 따로 있었다. 왜의 천황 가가 의자왕의 혈족이었으므로 주변국이 침략을 해오거나 궁지에 몰릴지라도 최악의 경우 왜의 힘을 빌릴 수 있고 왜와 합동작전을 펼칠 수 있다는 계산을 염두에 둔 결정이었다고 본다. 삼국사기에서 그 시기를 살펴보면, 신라는 한강유역을 탈취하고 관산성 전투에서 성왕을 죽이는 등 한때는 백제보다 전세가 강했지만 차츰 백제의 공세에 밀리기 시작한다. 신라는 백제를 이기기에 역부족임을 깨닫고 있었으나 그렇다고 고구려도 이미 동맹국은 아니었다. 642년 김춘추는 고구려에 동맹을 요청하러 가지만 협상은 결렬된다. 고구려와 백제의 공격에 시달리다 643년에는 당에 구원을 요청하지만 "여자를 임금으로 삼아 이웃나라에게 업신여김을 당하니 당의 왕족 중 한 사람을 그대 나라 왕으로 삼는 것이 어떠한가"라고 비아냥거리는 듯한 제안만 하고 구원병은 보내지 않았다. 신라는 이 무렵부터 적극적으로 한반도 밖에서 돌파구를 찾기 시작했던 것으로 보인다. 이 점에서 김춘추는 독보적인 외교력을 발휘한 셈이다. 김춘추는 딸과 사위가 백제의 공격에 의해 목숨을 잃은 후로 더욱 박차를 가한다. 앞에서 거론했듯이 647년에 김춘추는 왜(倭)의 동태를 살피거나 교섭하기 위한 목적으로 바다를 건넜으나 아무런 성과 없이 돌아온다. 백제가 뛰어난 외교력과 풍부한 경험을 바탕으로 오래 전부터 당과의 관계를 잘 유지해왔기에 당연한 결과였다. 백제는 패망할 때까지 당을 이용하거나 고구려의 남진을 견제하는 정도였지, 당의 힘을 빌어서 신라를 치고자 했거나 고구려를 정벌하려 했던 사례는 전무하다. 오히려 수나 당에 고구려를 정벌하는 전쟁에 돕겠다는 의사를 표시해 놓고서는 실제로 전쟁이 일어나면 슬그머니 꽁무니를 빼어 고구려에 유리하게 움직여 주었다. 수나 당에게 고구려가 정벌당하기를 원치 않았다는 점에서 볼 때, 백제는 처음부터 수나 당이 한반도의 삼국 모두를 멸망시키겠다는 의중을 이미 파악하고 있었던 듯하다. 나당연합군이 백제와 고구려를 멸망시킨 후 당은 신라에 간섭을 시작했고, 신라는 전쟁을 치르면서 당을 한반도에서 내쫓았던 사실을 봐도 알 수 있다. 이와 같이 백제는 좋은 관계를 유지했으면서도 한반도 내부의 분쟁에 결코 수나 당을 끌어들이지 않았다. 백제는 고구려가 당을 막아주면 그 틈을 타 신라를 공략하면 되었다. 그러나 이와는 달리 신라는 당의 힘을 이용하여 백제를 멸망시키려는 목적이 있었다. 그만큼 신라로서는 백제의 공세에서 어떻게든 살아남아야 하는 극한상황이었다.

당시 당나라 고종(高宗)은 지속적으로 고구려를 공격하거나 직접 대군을 이끌고 원정을 나서거나 하면서 주기적으로 고구려의 변경을 쳤으나 모든 전략이 실패로 돌아간다. 자국의 힘만으로는 고구려를 공략하기 어렵다는 결론이 나자 당은 백제나 신라의 군사력이 필요하게 되었다. 이 같은 상황에서 전쟁에 직접적으로 도움을 준 신라가 전면에 부상했고, 백제는 제거 대상으로 바뀐다. 전례가 없던 일이었으므로 한순간에 외교적 관계가 단절된 백제로서는 예측하기 힘든 사태였다. 심지어 신라 측도 이러한 나당 연합군의 백제 공격 제안이 실제로 받아들여질지 확신하지 못했던 듯하다. 『삼국사기』 신라본기(新羅本紀)에 태종무열왕(太宗武烈王)이 659년 백제의 침공을 근심하며 당의 응원군을 애타게 기다리는 모습이 기록되어 있다. 결론적으로 당은 신라와 손을 잡았고 660년 6월 말 당나라 군대가 서해를 건너 한반도에 상륙한 지 한 달 만에 백제의 수도 부여는 나당연합군에 의해 함락되었고 백제는 멸망한다. 668년에는 고구려까지 멸망시킨다. 이로서 한반도의 삼국 정세는 급변한다.

제5절 풍과 나카노오에

앞에서 살펴보았듯이 백제는 660년 나당 연합군에 의해 멸망하고 만다. 『일본서기』에는 의자왕이 당나라로 끌려갔다고 기록되어 있다.[182] 이후 전술한 바와 같이 백제의 충신 귀실복신은 풍(=부여풍장[扶余豊璋])을 왕으로 추대하기 위해 백제 땅으로 부른다. 사이메이 천황 즉위 6년이 되던 해였다. 복신은 의자왕의 사촌형제이며 이후 백제부흥운동을 이끈 인물이다.

사이메이 천황은 즉위 6년(660)에 왕궁을 북규슈(北九州)에 있는 아사쿠라궁(朝倉宮)으로 옮긴다. 이때 풍을 옛 백제 땅으로 보내기 위해 함께 내려갔다고 보인다. 그런데 사이메이 천황은 다음 해 661년 7월 아사쿠라궁에서 서거한다. 모국 백제가 멸망하여 심신이 몹시 쇠약해진 때문이었으리라. 당시 태자 나카노오에는 몹시 슬퍼하면서 사이메이 천황을 애도하는 노래를 읊었다고 적혀 있다.[183]

나카노오에, 즉 풍은 옛 백제 땅으로 출발하기 직전에 어머니 사이메이 천황의 죽음을 접했다고 해석할 수 있다.

---

182) 상게서, p.76.
183) 상게서, p.180.

그리고 다음과 같이 전개되었던 풍과 나카노오에의 모순된 기록도 나카노오에가 풍이라는 사실을 잘 나타내고 있다.

나카노오에는 어머니 사이메이 천황이 죽은 후 곧바로 즉위하지 않았다. 그는 661년 칭제(稱制)[184]를 선포했다. 그것은 나카노오에가 풍이라는 것을 의미하는 중요한 단서인데, 그는 서둘러 백제로 귀국해야 했으므로 바로 천황에 즉위하지 못한 것으로 보인다. 그리고 나카노오에는 어머니 사이메이가 서거한 달(사이메이 7년 7월)에 왕궁을 아사쿠라궁에서 같은 북규슈에 있는 나가쓰궁(長津宮)으로 옮긴다.[185] 그런데 백제왕 풍은 아직 북규슈에 남아 있다가 같은 달 7월에 군병 5천 명과 함께 백제 땅으로 출발했다고 기록되어 있다.[186]

이에 관해『일본서기』에는 크게 모순된 내용이 나와 있다. 660년 7월에 백제로 출발했을 풍이 다시 규슈를 떠났다는 기록이다. 나카노오에 칭제 1년, 즉 661년 5월 풍은 군선 170척을 거느리고 백제로 돌아갔고, 나카노오에가 풍을 백제왕으로 임명했다고 기록되어 있다.[187] 그런데 다음과 같이 정리하면 바로 의문이 풀린다. 즉 나카노오에(=풍)는 661년 어머니 사이메이 천황이 서거하자 우선 칭제부터 선포하고 7월에 나가쓰궁으로 왕궁을 옮긴다. 그곳에서 중

---

184) 칭제(稱制) : 즉위는 하지 않고 천황의 정무를 실시하는 것을 말한다.
185) 전게서, 『日本書紀Ⅲ』, p.185.
186) 상게서, p.186.
187) 상게서, p.188.

요 업무가 끝나자마자 곧바로 모국 백제를 구하러 군병 5천 명을 이끌고 한달음에 백제로 돌아간다. 긴박하게 돌아가는 한반도의 전황 속에 나당 연합군에 의해 패망한 모국 백제부터 구해야 했다. 그리고는 백제의 군사력을 파악한 후에 되짚어 일본에 돌아와 해상에서 싸울 힘까지 결집해 170척의 배를 거느리고 다시 백제를 향해 바다를 건넌 것이다.

나카노오에가 일본 규슈에서 칭제를 선포하고 왕궁을 옮기는 등 중요한 업무를 마친 후에 풍은 백제를 향해 출발했고, 이후 풍이 한반도에서 백제부흥운동을 했던 활동 사항을『일본서기』는 상세히 기록하고 있다.[188] 그런데『일본서기』에는 신기하게도 백제부흥운동을 기술하는 부분에서 풍이 백제에서 활동하는 행동만 기록했을 뿐, 일본에서의 나카노오에의 모습은 전혀 나타나 있지 않다.

말하자면『일본서기』에는 풍이 움직이는 무대를 완전히 한반도로 옮겨 기술한 것이다. 660년 백제가 멸망했을 당시에도『일본서기』의 기술 무대는 일본이지만 풍이 백제로 간 후에는 기록자의 시각이 한반도로 옮겨가 버린다. 1인 2역의 주인공을 맡은 배우처럼 풍이 한반도에 가 있을 동안 나카노오에게는 아무런 역할도 주어지지 않고 오로지 풍만이 전면에 나서서 연기를 하고 있다. 요컨대 풍이 한반도에서 활동하는 동안 모든 초점이 풍에게만 맞춰져 있는 것이다.

---

188) 상게서, pp.188-192.

백제부흥운동을 이끈 귀실복신(鬼室福信)은 무왕(武王)의 조카이며 의자왕의 사촌 동생이다. 660년 사비성(泗沘城)이 나당 연합군에 함락되고 의자왕이 항복하여 백제가 멸망하자, 승려 도침(道琛) 등 백제 유민들과 함께 사비성 함락 4개월 만인 660년 10월에 주류성(周留城, 『일본서기』에는 주유성(州柔城)으로 기록)을 임시 왕성과 백제부흥운동의 근거지로 삼아 이 성에 웅거하며 나당 연합군과 맞서 부흥운동을 전개한다. 한편으로는 일본에 머물고 있던 의자왕의 아들 부여풍(扶餘豊 또는 부여풍장(扶餘豊璋))을 백제 제32대 왕으로 영립(迎立)하고자 일본에 왕자 풍을 급거 귀국시켜 달라는 청과 함께 긴급지원군을 요청한다. 주류성의 현재 위치에 대해서는 충남 서천군 한산면의 건지산성(乾芝山城), 충남 연기군 전의면의 당산성(唐山城), 전북 정읍시의 두승산성(豆升山城), 전북 부안군 상서면의 위금암산성(位金巖山城) 등 학설이 나뉜다. 백강(白江)(『일본서기』에는 백촌강(白村江)으로 기록되어 있다)은 주류성을 지키는 골목이었다. 백강의 현재 위치에 대해서는 금강 하류, 군산포, 동진강 하류, 부안, 군산포 설 등 이견이 있다. '주류성은 백강에서 가깝고 농사짓는 평야와 멀리 떨어져 있으며 돌이 많고 척박해 농사짓기 어려운 땅이라 전쟁에서 지켜내기에는 요긴하지만 싸움이 길어지면 백성들이 굶주릴 것이라'고 기록된 내용을 위치 추정의 근거로 삼고 있다. 그러나 661년 나당 연합군의 공략에 견디지 못하고 다시 임존성(任存城, 현재의 충남 예산군 대흥면(大興面))으로 후퇴하여 복신은 흑치상지(黑齒常之)와 함께 군사를 일으켜 몰려온 나당 연합군을 대파하여 큰 타격을 입힌다. 한때는 서북부 지방 백제 유민들의 호응을 얻어 사비성까지 쳐들어가는 성과를 얻는다. 이때 복신은 "당과 신라가 백제 사람들을 다 죽이고 백제 땅을 신라에 주기로 약속했다 한다. 어차피 죽을 몸이라면 싸워서 죽자."라는 격문을 내걸고 백제 유민들을 궐기하게 만들었고 여러 차례 나당 연합군을 격파한다. 백제 부흥군은 신라와 당나라가 연합해 고구려를 공격하는 틈을 타 현재의 대전 부근의 여러 성을 공격해 탈환했고, 신라군이 금강 상류를 통해 내려 보내는 군량 수송로를 차단해 나당 연합군을 한때 곤궁에 빠뜨린다. 그러나 복신은 도침과 반목하여 도침을 죽이고, 자신의 세력을 믿고서 부여풍까지 제거하여 실권을 장악할 계획을 세운다. 이 사실을 알아챈 부여풍이 먼저 부하들을 이끌고 가서 복신을 죽인다. 이후 백제군은 재기의 힘을 잃고 백제의 부흥운동은 완전히 좌절된다. 백제 부흥군 지도부의 분열로 인해 4년에 걸친 백제부흥운동은 좌절되고 만다.

백제 멸망 최후의 전투인 백강 전투에 관해서는 『일본서기』, 『삼국사기』를 비롯하여 중국의 사서 등 동아시아 사서에 똑같은 기록을 남겼을 만큼, 동북아시아 최대의 해전이었다. 중국은 백강구(白江口) 전투, 일본은 백촌강(白村江) 전투로 기록했는데, 신라−당나라 연합군과 백제−왜(일본) 연합군이 맞붙어 싸운, 일본과 중국이 한반도 전쟁에 참전하여 가장 많은 희생을 치른 동북아 최초의 전쟁이었다. 전투에 참여한 군사는 총 22만여 명에 달하는 대규모다. 이 전쟁에서 "왜인의 군대와 백강 하구에서 네 번 싸워 모두 이기고, 그들의 배 4백 척을 불태우니 연기와 불꽃이 하늘을 뒤덮었고, 숨진 병사들이 흘린 피로 바다가 핏빛으로 물들었을 정도였다"고 『삼국사기』에 기록되어 있다. 동북아시아 4개국이 이 백강 전투에서 대전을 치른 후 백제는 역사 속으로 사라진다. 이후 신라는 당과 더욱 가까워지고 왜와는 멀어진다. 한반도와 왜는 각자 통일국가를 형성하면서 독자적인 정치 체제와 문화를 이루어 나간다.

이와 같이 백제부흥운동은 실패로 끝나고 만다. 위에서 논했듯 이 풍과 귀실복신이 대립해서 풍은 귀실복신을 살해해 버렸고, 일본에서 보낸 2만 7천명의 응원군과 백제군은 662년 8월 백강 전투에서 나당 연합군과 싸웠으나 대패하고 풍은 고구려로 도망갔다고 기록되어 있다.[189]

662년 9월 백제의 마지막 성인 주류성이 당나라군의 공격으로 함락 당하자, 백제 유민들은 백제가 완전히 망했다는 것을 알아차렸다.[190] 9월 말쯤 백제 유민들 중 유력자들은 일본행 배를 탔다고 기록되어 있다.[191]

『일본서기』는 그 후 663년 3월까지 7개월간의 기록을 생략했다. 나카노오에의 모습이 663년 4월부터 다시 일본에 나타나고 정무를 시작한다. 나카노오에는 이때부터 백제 유민들에 대한 조치를 시작한다. 그런데 나카노오에는 왜 7개월 간이나 그 작업을 미뤘던

---

189) 상계서, pp.188-192.
190) 상계서, p.192.
191) 상계서, p.192.

것일까? 그건 그가 풍이었으므로 망명지 고구려에서 일본에 귀국한 후에 백제 유민에 대한 조치를 시작했다고 봐야 한다. 말하자면 풍(=나카노오에)이 고구려에 6개월 정도 머물렀기 때문에 나카노오에로서 다시 일본에서 정무를 시작하기까지 7개월 정도가 소비되었고, 백제 유민에 대한 조치도 그만큼 늦어졌다고 해석할 수밖에 없다. 그렇게 해석하지 않으면 당시의 상황을 적절하게 설명할 방법이 없는 것이다.

제6절 나카노오에와 백제 유민

나카노오에는 우선 일본으로 건너온 백제 유민들에 대해 상당한 배려를 했다. 백제의 왕족이나 고관들에 대해서는 현 오사카의 나니와궁(難波宮)에 주거를 정해 주었고,[192] 백제 인민 400여 명에 대해서는 오미국(近江國 : 현 시가현[滋賀縣])에 주거지를 정해 주었다.[193] 그리고 칭제(稱制) 5년(665) 10월에는 백제 인민 2,000여 명을 일본 동쪽에 살게 했고, 3년간 식량을 무상으로 보급할 것을 약속했다.[194]

---

192) 상게서, p.193.
193) 상게서, p.195.
194) 상게서, p.196.

그뿐만이 아니라 나카노오에는 백제 관위의 등급을 검토하여 망명해 온 백제 관리들을 일본 관리로 받아들이기로 했다.[195] 나라를 잃고 망명해 온 백제인들에 대해 일본이라는 국가가 생활을 보장해 주고 백제 관리들에게는 백제의 관위에 상응하는 일본 관위를 내려 준 것이다.

이런 망명 백제인에 대한 나카노오에의 정책은 매우 이례적인 조치라고 평가할 수 있다. 특히 망명객에게 망한 나라와 동일한 관위를 준다는 것이 보통은 있을 수 없는 일이다. 그것은 멸망한 나라와 유민을 수용하는 나라가 똑같은 언어와 문화 등을 갖추고 있다고 해도 어려운 일이다. 예를 들어 현재 일본의 고위 관리가 망명해 왔다고 해서 한국정부가 그에게 일본에서의 정치적 지위에 상응하는 지위를 줄 수 있을까? 그런 일은 상식적으로도 일어나기 어렵다. 그러나 회사를 경영하던 오너가 망명해 와서 자신의 가족을 받아들이는 경우라면 조금 다르다. 자신의 가족인 까닭에 한 명 한 명 잘 파악하고 있으므로 가족의 능력에 따라 회사 내에서 직책을 맡기면 된다. 백제가 망한 후 일본 내에서 일어난 백제인 수용 움직임은 바로 회사 오너가 해외에서 자신의 가족을 수용하는 방식이었다고 볼 수 있다. 즉 백제인들은 일본 왕실, 특히 나카노오에의 가족들이었으므로 충분히 가능한 일이었다. 그리고 당시의 국가는 통치자가 오너와 같은 입장이었기에 아무리 어려운 일이라도 통치

195) 상게서, p.195.

자 마음대로 처리할 수 있었다. 나카노오에가 백제왕 풍과 동일인물이라면, 그는 얼마든지 일본에 백제 망명정부를 수립할 수 있었을 것이다.

이렇게 해서 백제는 그들의 혈통적 형제 나라인 일본에서 새로운 생활과 정치 무대를 얻게 되었다. 게이타이 천황부터 시작된 일본의 가야계 왕조는 가야국의 분국과 같은 성격을 띠고 있었다. 이후 비다쓰를 거쳐 조메이 천황부터 본격적으로 시작된 일본 왕조는 백제의 분국으로서의 왕조였지만, 백제 멸망으로 인해 백제 왕가의 망명 왕조가 된 셈이다.

마치 중화민국 국민당이 대만으로 도주해 망명 정부를 수립했듯이 고대 한반도와 일본 사이에 역사적 대전환기가 도래했던 것이다. 일본은 그런 의미에서 완전한 백제계 야마토 정권이었다.

제6장 덴지(天智) 천황과 덴무(天武) 천황

백제부흥운동이 실패로 끝나 백제왕 풍은 662년 8월 고구려로 도망갔다고 『일본서기』에 기록되어 있으나, 그 후 풍에 대한 기록이 전혀 나오지 않는다. 그러나 풍을 백제로 보낸 661년 5월 이후 약 2년 만인 663년 4월부터 나카노오에가 일본에서 활동을 시작한다. 약 2년 동안 『일본서기』는 일본에서의 나카노오에의 활동이나 움직임을 일체 기록하지 않았다. 대신 풍을 중심으로 한 백제에서의 백제부흥운동을 기록했다는 것은 전술한 바와 같다.

나카노오에가 풍과 동일 인물이기에 풍이 백제에 가 있던 약 2년 동안의 나카노오에의 일본 내의 정무는 공백 기간이었고, 그 대신 풍이 백제에서 활동했던 기록으로 채워졌다는 것이 필자의 견해라는 점도 전술한 바와 같다. 이 같은 가설 말고는 노카노오에의 2년이나 되는 일본 내의 긴 정무 공백 기간을 설명할 길이 없다. 여기서는 나카노오에의 천황 즉위와 그 후의 전개, 특히 계보 상 나카노오에의 동생으로 기록된 덴무(天武) 천황의 행보에 대해 살펴보기로 한다.

제1절 백제계 덴지 천황의 즉위와 죽음

일본으로 돌아온 백제왕 풍, 즉 나카노오에는 나당 연합군의 일본 침공을 막기 위해 663년 쓰시마(對馬島), 이키(壹岐)섬, 북규슈 쓰쿠시(筑紫)에 병력과 봉화대, 산성 등 방비를 증강했으며, 특히 쓰쿠시에 성을 건축한다.[196] 이때 축조한 다수의 산성이 이른바 백제식 산성이었다.

그런데 나카노오에는 그 후로도 몇 년 동안 천황으로 즉위하지 않았다. 그가 덴지(天智) 천황으로 즉위한 것은 칭제 7년(667) 1월의 일이다.[197] 그러므로 백제가 망하여 그가 일본에서 정무를 다시 시작한 지 4년 후의 일이었다. 왜 나카노오에는 칭제라고 칭하고 7년간이나 왕위를 공석으로 남겨 두었을까? 그 이유는 칭제 기간 중 전반 3년 간은 그가 백제왕 풍으로서 백제부흥운동을 주도했으므로 실질적으로는 천황으로서 일본의 정무를 볼 만한 상황이 아니었기 때문이다. 그렇다면 일본에 돌아온 후에도 왜 칭제 후반 4년 동안 그는 천황으로 즉위하지 않았던 것일까?

---

196) 상계서, p.195.
197) 상계서, p.198.

그는 그 4년 동안 백제 유민을 일본에 정착시키는데 온 힘을 다했다. 그렇다고는 해도 오히려 천황으로 즉위하고서 일을 처리하는 편이 훨씬 더 원활하지 않았을까? 『일본서기』에는 나카노오에가 천황 즉위를 늦춘 이유에 대해 아무런 기록이 없다.

그런데 필자는 당시 나카노오에가 일부러 천황에 즉위하지 않았던 것이 아니라 오히려 즉위하기 힘든 피치 못할 상황에 놓여 있었다고 본다. 그는 백제부흥운동에 실패하여 일본에서 이끌고 간 응원군 2만 7천명을 전멸하게 만들었다. 그리고 부하 몇 명만 데리고 고구려로 도주했다가 6개월쯤 후에 일본에 모습을 나타낸 것이다. 일본과 백제의 수많은 전사자를 내고 패장으로 돌아온 풍, 즉 나카노오에를 환영해 주는 사람은 아무도 없었으리라.

그런 상황에서 나카노오에가 즉시 천황에 즉위한다는 것은 큰 부담이었을 것이다. 그래서 나카노오에는 백제 유민들을 일본에 정착시키고, 공로가 있는 사람들에게는 상을 하사하고, 북규슈 방비를 견고하게 만든 후에야 백성들의 지지를 어느 정도 회복해서 천황에 즉위할 수 있었다고 본다.

나카노오에는 천황으로 즉위하기 10개월쯤 전에 도읍을 현 시가현(滋賀縣) 오미(近江)로 옮겼다.[198] 그러나 백성들은 모두 오미궁 천도를 원하지 않았다고 기록되어 있다.[199] 나카노오에는 자신이 천황으로 즉위해도 위험성이 적고 어려움이 덜한 곳을 택해서 백성들

198) 상게서, p.197.
199) 상게서, p.197.

의 반대를 무릅쓰고 오미 천도를 감행했던 것이다. 오미는 많은 백제 도래인들과 백제 유민들이 자리 잡은 지역이었다.

그렇게 하여 667년 1월 나카노오에는 덴지 천황으로 즉위한다. 그런데 668년 당나라가 2천여 명의 대사절단을 일본에 보내 왔다.[200] 당나라는 664년 9월에도 250여 명의 사절단을 일본에 보낸 적이 있다.[201] 667년 10월에 나당 연합군은 고구려를 멸망시켰다. 그 바로 다음 해인 668년에 왜 당나라는 대사절단을 일본에 보냈을까? 그들의 방문 목적은 무엇이었을까?

당시의 한반도 정세는 다음과 같았다. 나당 연합군이 고구려를 멸망시킨 후 당나라는 옛 백제 땅에 웅진(熊津)도독부를, 옛 고구려 땅에는 안동(安東)도호부를 두었다. 더욱이 당나라는 신라에도 계림(鷄林)대도독부를 두어 한반도 전체를 지배하려 했다. 이 문제로 신라와 당나라의 대립이 전면에 드러나게 되었다.[202] 당나라가 일본에 대사절단을 보냈을 때는 바로 당과 신라의 첨예한 대립이 시작되었을 무렵이었다. 그러나 2천여 명이라는 규모는 아무리 대사절단이라고 해도 너무 많은 숫자였다. 이런 상황을 고려해 볼 때 당나라는 덴지 천황에게 신라를 협공하기 위해 연합군을 편성하자는 협상을 하려고 대사절단을 보냈을 것이며, 일본에 당나라의 군사력을

---

200) 상게서, p.203.
201) 상게서, p.195.
202) 노태돈, 「고대 동아시아 국제질서의 재편과 한일관계7–9세기」 p.15.(한일역사 공동 연구, 제2기 보고서), p.411.

보여 주기 위해 대사절단을 보낸 것으로 판단된다. 물론 역사서에는 당나라와 일본군의 연합군 편성에 관한 기록이 나와 있지 않았으니, 당연히 덴지 천황은 당나라의 요구를 거절했다고 보인다.

671년 10월 덴지 천황은 중병에 걸리자, 계보 상의 동생이자 태자였던 오아마(大海人, 후에 덴무 천황) 왕자를 불러 "내가 죽고 나면 그 다음을 너에게 모두 맡긴다."라고 부탁한다. 그러나 오아마 왕자는 이를 정중히 거절하고 불교에 귀의하겠다며 현 나라현 남쪽에 위치한 요시노(吉野)로 내려간다. 『일본서기』에는 덴지 천황은 오아마 왕자를 죽이고 자신의 장남인 오토모 왕자를 천황으로 즉위시키려는 계획이었다고 기록되어 있다. 12월에 덴지 천황, 즉 나카노오에는 서거한다.[203]

제2절 신라계 덴무 천황의 수수께끼

『일본서기』는 전체 30권으로 구성되어 있고, 신대(神代)에 대한 기술과 초대 진무(神武) 천황부터 덴지 천황의 딸이자 덴무 천황의 황후인 지토(持統) 천황까지의 역사가 기록되어 있다. 그런데『일본서기』권28, 권29는 이례적으로 2권 연속해서 덴무 천황에 관한 기

203) 전게서, 『日本書紀 Ⅲ』, pp.207-209.

록이 담겨 있다. 다른 천황들은 모두 1권 이내로 기록되어 있으나, 덴무 천황만 2권이나 기록한 것이다.

『일본서기』는 『고사기』와 함께 덴무 천황의 지시에 의해 편찬을 시작하여 그의 아내이자 다음 천황이었던 지토(持統) 천황으로 이어 졌고 덴무의 아들인 도네리(舍人) 황자에 의해 완성되었으므로 2권 이나 할애해서 덴무 천황을 특별 대우했다고 해도 이상한 일은 아 니다. 그러나 바꾸어 생각하면 덴무 천황의 업적을 정당화할 목적 으로 2권이나 기록했다고 볼 수도 있다.

먼저 권28은 오아마 왕자(=덴무 천황)가 덴지 천황의 장남 오토모 왕자와 전쟁(진신[壬申]의 난)을 치르고 이길 때까지의 이야기를 담았 고, 권29는 오아마 왕자가 덴무 천황으로 즉위한 후 서거할 때까지 의 이야기를 담았다. 그런데 덴무 천황의 즉위에 대해서는 다음과 같은 의문점이 있다.

오아마 왕자는 진정으로 덴지 천황이 정한 태자였을까? 『일본 서기』에는 오아마 왕자가 황태자(=동궁(東宮))였다고 기록되어 있으 나, 왜 덴지 천황이 적자 오토모 왕자를 제쳐놓고 계보 상 동생으 로 기록된 오아마 왕자를 태자로 세웠는지에 대한 설명은 어디에도 없다. 『일본서기』의 편집자가 덴무 천황의 아들이었으므로 사실을 왜곡시킬 가능성은 충분하다.

덴지 천황이 서거하기 전에 오아마 왕자를 불러 "짐은 병이 깊었 으니 내가 죽고 나면 후사를 그대에게 모두 맡긴다."라고 부탁했다 는데, 이는 오아마 왕자가 태자였으면 당연한 이야기이며 오아마 왕자는 덴지 천황의 제의를 거절할 이유가 없다. 또한 이때 오아마 왕자가 정식으로 차기 천황 즉위를 승낙했어도 태자로서의 입장이었으니 아무도 반대하지 못한다. 그러나 오아마 왕자는 덴지 천황의 천황 양위 제의를 거절했고, 결과적으로 덴지 천황이 사망한 후에 오토모 왕자와 전쟁을 일으켰다. 부자연스러운 전개였다.

이와 같은 덴무 천황 즉위에 관한 의문점을 푸는 가장 좋은 설명은 바로 오아마 왕자(=덴무 천황)가 태자가 아니었다는 가설이다. 필자의 가설은 오아마 왕자는 태자가 아니었으며, 덴지 천황의 요청 같은 것은 아예 없었다는 것이 핵심 내용이다. 오아마 왕자는 덴지 천황에게 불교에 귀의하겠다며 거짓말을 하여 덴지 천황을 안심시킨 후 법복을 입고 요시노(吉野)에 들어가 그곳에서 은거하며 부하들과 함께 힘을 기르고 전쟁 준비를 시작했던 것이다. 당시 사람들은 이를 가리켜 "호랑이에게 날개를 달아서 놓아주었다."라고 했다. 덴지 천황은 오아마 왕자가 요시노로 들어간 후 두 달 만에 세상을 떠난다. 오아마 왕자는 덴지 천황이 죽자마자 비밀리에 미노(美濃 : 오아마의 고향), 이가(伊賀), 이세(伊勢) 등지에서 군사를 모아 672년 오토모 왕자를 옹립하는 조정에 대항하여 전쟁을 일으켜 오토모 왕자를 죽이고 천황 자리를 탈취했다.

덴무 천황 즉위에 관한 두 번째 의문점은 다음과 같다. 오아마 왕자와 오토모 왕자는 계보 상으로는 작은 아버지와 조카의 관계이다. 그런데 왜 대결을 피하려는 노력도 하지 않고 전쟁까지 일으켜 참혹하게 조카를 살해해야만 했을까? 같은 왕족인 작은아버지와 조카가 천황 자리를 놓고 전쟁을 벌인다는 것은 그들이 실제 혈육 관계라면 상식적으로는 일어나기 어려운 사건이다.

이와 같은 의문점에 대한 필자의 가설을 도출하기 위해 게이타이 천황 이후의 천황 가의 역사를 살펴보기로 한다.

게이타이 천황 이후 천황 가의 흥망사를 살펴보면 정권의 배후 세력이 바뀔 때마다 비극이 일어났으며, 그것은 역사적 사실에서 증명된다. 가야계 긴메이 천황 기에 가야가 멸망하자, 그 뒤를 이은 비다쓰는 백제에서 보낸 백제 왕족이었다. 이후 한반도 정세가 어느 정도 안정되자 긴메이 천황의 3명의 아이들이 차례로 천황 자리에 올랐다. 하지만 그들 중 스슌 천황은 소가씨에 의해 살해당했고, 그 뒤를 이은 스이코 천황은 긴메이 천황과 소가씨의 딸 사이에서 태어났으며, 백제 왕족 비다쓰의 황후였으므로 백제 측과 협의해서 천황으로 즉위했다고 보인다. 이후는 조메이 천황을 비롯하여 고교쿠, 고토쿠, 사이메이(=고교쿠가 다시 천황에 오름), 덴지까지 백제인이 계속해서 천황에 올랐다.

조메이 천황 때는 가야계 왕족의 마지막 핏줄이라고 보이는 야마시로노오에 왕자가 역시 소가씨에 의해 살해당했다. 일련의 가야계 천황이나 왕족들의 살해 사건은 바로 가야계 천황을 백제인 천황으로 바꾸는 과정에서 발생한 사건들이었다.

일본에서 막강한 실력을 가진 소가씨는 이처럼 왕통이 바뀌는 과정에서 자신들이 살아남기 위해 세력을 키우고 전략을 세웠다. 그것이 고교쿠 천황 기에 소가씨가 백제와 자신들의 혈통 양쪽을 계승한 후루히토노오에 왕자를 고교쿠 다음 왕위에 올리려고 한 사건이었다. 필자는 이것이 을사정변의 배경이라고 본다. 을사정변에서 백제 의자왕의 왕자인 풍, 즉 후의 덴지 천황이 소가씨를 멸망시켰고 그 후에 소가씨의 혈통을 가진 백제계 황자 후루히토노오에도 반란을 일으킨 죄로 살해당한다. 이 같은 사건들은 일본에 정착하려는 백제 왕족들이 가야계 왕족과 소가씨의 핏줄을 이어 받은 왕족을 제거해서 또 하나의 백제 왕국을 일본에 세우고자 했던 과정에서 발생했다고 이해된다.

그런데 660년 한반도에서 백제가 멸망하고, 백제부흥운동도 실패로 끝나 한반도는 신라에 의해 통일된다. 이제 한반도는 신라 왕조가 지배하고, 일본은 백제 망명 왕조가 지배하게 되었다. 그런데 668년에는 한반도 내에서 신라와 대립하게 된 당나라가 일본에 대사절단을 두 번이나 보내 일본을 끌어들여 신라를 협공하려는 움직임을 보였다. 이런 상황에서 덴지의 아들 오토모 왕자와 오아마 왕자(=덴무 천황) 사이에 전쟁이 일어났다. 필자는 이 전쟁이 당나라와 일본이 연대하려는 움직임을 의식한 신라가 일본 내의 반조정 세력을 동원하여 일으킨 전쟁이라고 본다. 덴지 천황은 백제의 백촌강 전투에 응원군을 보내지만 패하여 백제는 망하고 고구려도 망한 후 신라에 의해 통일된 한반도에서는 지배권을 놓고 당과 신라는 서로 싸운다. 이때 두 나라는 각각 일본에 통교를 청해 오지만 덴무 천황은 어느 쪽에도 응하지 않는다. 다만 저자세를 취하면서 신라에는 견신라사를 보내 문화를 섭취했고 당에는 견당사를 보내지 않는다.

덴지 천황은 친백제파였고 덴무 천황은 친신라 외교를 펼쳤지만 덴무 천황은 일본 국내에서 신라계의 도래인만이 아니고 백제계 사람들에게도 관직을 주거나 우대해 주었다. 즉위 원년(672년)부터 10년(681년)까지 한반도에서 귀화한 사람들에게는 과세를 면제해 주었고 다시 얼마 후에는 일본 입국 시에 아이였던 사람들까지도 폭넓게 과세를 면제해 주었다.

말하자면 오아마 왕자, 즉 계보 상 덴지의 동생이라고 되어 있는 덴무 천황은 덴지 천황과 형제 사이가 아니고 신라인이거나 신라계 인사라고 본다. 하야시 세이고(林青梧)도 「덴지(天智)·덴무(天武) 천황의 정체」라는 논고에서 덴무를 신라인 김다수(金多遂)로, 덴지를 백제왕 여풍장(余豊璋)으로 보았다.[204]

오아마 왕자와 오토모 왕자가 천황 자리를 놓고 싸운 조정 내의 왕족 간 전쟁을 통해 충분히 결론을 도출해 낼 수 있다. 이 전쟁은 당시 일본의 중심지였던 기나이(畿內) 지방의 모든 세력을 동원해서 일어났고, 일본 역사를 통해서도 엄청나게 큰 전쟁이었다. 바로 그것은 일본 내에서 큰 세력 간의 전쟁, 즉 조정을 중심으로 한 백제 세력과 반조정 세력 간의 대결이었던 것이다.

---

204)「天智·天武天皇の正体」『別冊歴史読本』1990年6月号(新人物往来社, 1990年)
　　하야시 세이고(林青梧, 1929-2007) : 본명 가메가이 고로(亀谷梧郎). 일제강점기 평양에서 출생. 도쿄도립대학 인문학부 영문과 졸업. 교직에 있으면서 소설가로 활동. 후에 중국의 난징(南京)대학교 객원교수 역임. 저서로『기아(飢餓)혁명』『왕국의 기념회』『『일본서기』의 암호』등 다수.

그림8. 제38대 덴지 천황과 제40대 덴무 천황, 제41대 지토 천황 관계도

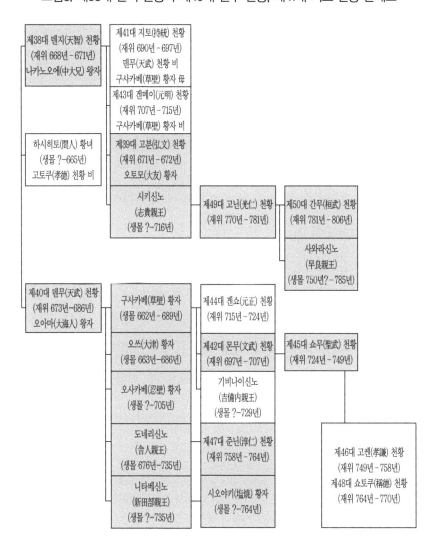

은 남성   은 여성

제3절 9대, 8명의 천황으로 끊긴 신라계 덴무 조의 혈통

오아마 왕자를 지지해서 임신년(壬申年)에 일어난 임신의 난(壬申の亂)[205]에 참전한 인물들은 모두 『일본서기』에 처음 등장한다. 특이한 점은 오토모 왕자가 이끄는 조정의 인물이나 조정에 의해 중용된 인물은 전혀 포함되지 않았다는 것이다. 즉 이 전쟁을 계기로 처음 역사에 등장하여 이름을 남긴 인물들이 대부분이다.[206] 그런 연유로 이 전쟁에서 오아마 왕자 편에서 활약한 사람들은 반조정 세력과 일본 내의 신라 세력이라고 판단된다.

672년 2월 오아마 왕자는 덴무 천황에 정식으로 즉위한다. 676년에는 신라가 한반도 통일을 완성했으므로 10월에는 견신라사를 파견했고,[207] 그 대신 신라와 대립 중이던 당나라와 국교를 약 30년간 단절한다.[208] 이러한 정황을 살펴봐도 덴무 천황은 신라계 또는 신라 세력임을 알 수 있다.

---

205) 임신의 난 : 일본어로는 '진신노난(壬申の亂)'이라고 하지만 본서에서는 '임신의 난'이라고 칭한다. 서기 672년에 일어난 일본 고대 최대의 황족 간 전쟁. 제38대 덴지(天智) 천황의 태자인 오토모(大友) 왕자(고분[弘文] 천황. 칭호를 죽은 후에 추호[追号])에 대항하여 덴지 천황의 동생인 오아마(大海人) 왕자(후에 덴무[天武] 천황)가 지방 호족을 끌어들여 반기를 들었고, 반란자인 오아마 왕자가 승리하여 천황에 오른다. 임신(壬申, 일본어로 '진신')년에 일어났다 하여 '임신의 난'이라는 명칭이 붙었다.

206) 상게서, pp.220-222.

207) 상게서, p.255.

208) http://ja.wikipedia.org/wiki/天武天皇(검색 : 2010.12.5.)

덴무 천황을 포함하여 덴무 이후 9대, 8명의 천황들로 이어진 시대를 덴무 조라고 부른다. 이 덴무 조의 천황들은 다음과 같다.

제40대 <u>덴무(天武)</u> 천황(재위 : 672-686)

제41대 지토(持統) 천황(재위 : 686-697) : 덴지 천황의 황녀. 덴무의 황후.

제42대 <u>몬무(文武)</u> 천황(재위 : 697-707) : 덴무·지토의 손자.

제43대 겐메이(元明) 천황(재위 : 707-715) : 덴지 천황의 4번째 딸, 덴무·지토의 아들 구사카베(草壁) 황자의 부인.

제44대 겐쇼(元正) 천황(재위 : 715-724) : 덴무·지토의 손녀. 몬무 천황의 누나.

제45대 <u>쇼무(聖武)</u> 천황(재위 : 724-749) : 몬무 천황의 아들.

제46대 고켄(孝謙) 천황(재위 : 749-758) : 쇼무 천황의 딸.

제47대 <u>준닌(淳仁)</u> 천황(재위 : 758-764) : 덴무 천황의 황자 도네리 황자의 7남.

제48대 쇼토쿠(稱德) 천황(재위 : 764-770) : 제46대 고켄 천황이 쇼토쿠 천황으로서 다시 즉위.

위의 9대 8명의 천황 중 밑줄 친 4명이 남성 천황이고, 나머지 4명은 여성 천황이다. 덴무 조에는 남성 천황이 적고 여성 천황이 많았다. 제41대 지토 여성 천황은 혈통적으로는 덴지 천황의 딸이지만 덴무 천황의 황후로서 천황에 즉위했다. 원래 어린 아들 구사카베(草壁) 황자를 천황으로 즉위시키기 전 중간 역할을 하기 위한 즉위였으나 구사카베 황자가 사망해 손자 몬무가 성장할 때까지 천황

자리를 지켰다.

제42대 천황인 몬무 천황이 즉위하고 난 후에는 겐메이(제43대), 겐쇼(제44대) 2명의 여성 천황이 즉위했는데, 이 또한 몬무의 아들 쇼무 천황의 성장을 기다리는 중간 역할을 위한 즉위였다. 제43대 겐메이 천황은 덴지 천황의 딸이었으나 덴무 천황의 아들 구사카베 황자의 부인이라는 점에서 덴무 조의 천황이 되었다.

제45대 천황에는 덴무 천황의 손자이자 몬무 천황의 아들인 쇼무 천황이 즉위했다. 쇼무 천황에게는 황후와의 사이에 모토이(基) 황자가 태어났으나 한 해도 지나지 않아 요절하고 만다.

그런 연유로 제46대 고켄 천황은 쇼무 천황의 황녀라는 위치에서 여성으로서는 최초로 입태자를 받아 즉위한 천황이다. 그녀는 덴무 천황의 황자인 도네리 황자의 7남인 준닌 천황을 추천하여 제47대 천황으로 즉위시켰다.

그런데 준닌 천황에게는 아이가 없었고 결국 상황의 위치에 있던 고켄 천황에 의해 퇴위를 당한다. 이어서 제48대 천황으로서 고켄 상황이 다시 즉위하여 쇼토쿠 천황이 되었다. 쇼토쿠(=고켄) 천황은 쇼무 천황의 황녀 입장에서 여성 천황에 올라 평생 독신으로 지냈으므로 그녀의 뒤를 계승해야 할 황자가 없었다. 즉 덴무 조의 혈통은 여기서 끊기고 만다.

덴무 조는 신라와 깊은 관계를 갖고 있었다. 예를 들어 제45대 쇼무 천황은 신라의 국교 화엄종(華嚴宗)을 수용하여 일본의 국교로 삼았다. 화엄종은 화엄경의 교설에 입각하여 중국 당나라의 승려

법장(法藏)이 시작한 대승불교의 하나이다. 중국의 법장 스님에게 직접 수행한 신라의 승려 심상(審祥)이 일본에 건너가 처음으로 화엄경을 강의하고 일본 화엄종의 시조가 되었다. 일본 나라현에 위치한 도다이지(東大寺)가 화엄종의 중심 사찰이었다.[209] 즉 쇼무 천황은 신라의 국교를 일본 국교로서 받아들였다.

그리고 일본에 화엄종을 전파한 심상은 신라의 원효(元曉 : 617-686) 스님의 제자라고 전해진다.[210] 752년의 도다이지 대불의 개안식(開眼式)에는 신라에서 700명이 넘는 대사절단이 일본을 방문하기도 하였다.[211]

그러나 덴무 조의 혈통은 여성 천황인 쇼토쿠(=고켄) 천황이 서거한 후에 끊기고 만다. 당시 정식적인 여성 천황 계승자는 결혼을 하지 않았고, 쇼토쿠 천황은 정식적 왕위계승자였으므로 평생 독신으로 지내야 했다. 그래서 아이가 없었다. 더구나 심한 권력 투쟁의 결과 형제도 없었다. 아버지 쇼무 천황에게도 형제가 없었으며, 그 밖에도 덴무 천황의 자손 중에 황태자나 황자가 없었으므로 후지와라씨(藤原氏)의 추천에 의해 덴지 천황계의 시라카베왕(白壁王)이 770년에 즉위하여 제49대 고닌(光仁) 천황이 되었다.

고닌 천황은 덴지 천황의 제7왕자 시키(志貴) 왕자의 여섯 번째

---

209) http://www.oguradaiclinic.jp/untiku/page694.html(검색 : 2010.12.5.)

210) http://www.myoukakuji.com/html/telling/benkyonoto/index65.htm(검색 : 2010.12.5.)

211) http://www.searchnavi.com/~hp/rekishi/youyaku/04-1.htm(검색 : 2010.12.5.)

아들이었다. 고닌 천황은 즉위했을 당시에 이미 62세로서 고령이었다.

제4절 신라계 덴무 조 천황 8명을 제외하고 역대 천황을 제사 지내는 보다이지(菩提寺)

교토(京都) 하가시야마(東山)에 위치한 센뉴지(泉涌寺)[212] 사찰은 일본 천황 가의 보다이지(菩提寺)로서 유명하다. 보다이지란 선조 대대로의 위패를 모시고 제사를 지내며 사후의 명복을 빌고 공양을 행하는 사찰을 말한다. 고대 · 중세에는 보다이지를 가문의 절이라고 불렀다. 이 사찰은 '미테라(御寺)'라는 별칭으로 높여 부를 만큼 예로부터 황실과 깊은 관련을 가졌다.

즉 일본 황실 전용의 보다이지로서 역대 천황들과 그 황후들의 위패가 모셔져 있으며 역대 천황들의 제사를 지낸다. 불교식 제사를 지냈으니 법사(法事)인 셈이다.

그러나 일본 제국주의가 아시아 각국을 침략했던 메이지시대(1868-1912) 이후 태평양전쟁이 끝날 때(1945)까지 약 80년간 일본은 천황을 '살아있는 신'이라 하여 국가신도(國家神道)를 창설해 천

---

212) http://www.mitera.org/imperial.php(검색 : 2010.12.5.)

황을 신으로 숭배하는 사상을 일본 국민들과 점령지 인민들에게 강요하고 고취시켰다.

이처럼 천황의 종교는 신도로 바뀌었지만 사실 에도시대(1603-1867)까지 일본 천황들은 대부분 불교신앙을 갖고 있었다. 그런 연유로 역대 천황들의 위패를 안치시키고 천황에게 제사를 지내는 절이 따로 있었다. 그 절이 바로 센뉴지다.

그런데 이 센뉴지에는 덴무 천황에서 이어지는 덴무 조 천황 8명의 위패가 없고, 제사도 지내지 않았다. 이는 센뉴지에서는 덴무 조 천황 8명을 천황으로 인정하지 않았다는 것을 의미한다. 덴무 조 8명은 다른 천황들과 혈통이 다르다고 알려져 있는데, 그 사실을 증명해 주는 셈이다.

앞에서도 대강 살펴보았지만 이에 대한 구체적인 경위는 다음과 같다.

덴무 조 마지막 천황은 여성 천황 쇼토쿠 천황이었다. 그런데 쇼토쿠 천황을 계승할 후계자가 없었다. 결국 천황 승계자로서는 순위가 낮은 고닌(光仁)이 62세라는 많은 나이에 천황으로 즉위했다. 고닌 천황은 덴지 천황(나카노오에)의 손자이다. 즉 고닌 천황의 등극으로 덴무 조는 종언을 고했고 다시 덴지 천황, 즉 나카노오에의 혈통이 부활한 것이다.

원래 고닌 천황의 본부인은 이노에(井上)라는 덴무 계 여자였다. 그렇기에 사람들은 덴지 계의 고닌과 덴무 계의 이노에 사이에서 태어난 세자 오사베(他戸)야말로 대립을 거듭한 덴지와 덴무의 혈통을 화해시킬 수 있는 인물로 기대했다.

하지만 덴무 계 혈통을 별로 좋지 않게 생각하는 사람들이 있었다. 그들은 후지와라씨였다. 후지와라씨는 나카노오에의 오른팔이었던 나카토미 가마타리(中臣鎌足)(나중에 후지와라 가마타리[藤原鎌足]로 개명)의 후손들이었고, 당시 그들은 큰 세력을 가진 호족이었다. 그들은 완전한 덴지 계 혈통의 부활을 계획했다.

마침 고닌 천황의 두 번째 부인이 백제 무령왕의 9대 후손인 다카노노니가사(高野新笠)라는 여성이었다. 후지와라씨는 고닌 천황의 본부인 이노에를 폐하고 다카노노니가사를 고닌의 본부인으로 삼으면 덴지(노카노오에)의 혈통, 즉 백제계의 혈통을 완벽하게 부활시킬 수 있다고 생각하고 이노에와 세자 오사베를 없애 버리려는 음모를 꾸몄다.

이노에는 고닌과 결혼하기 전에 신사의 여관으로 일했는데, 이 점에 착안하여 후지와라씨는 이노에가 신도에서 사용하는 저주를 악용하여 남편 고닌을 죽이려는 계획을 세워 매일 밤 고닌이 빨리 죽으라고 기도하고 있다며 고닌 천황에게 거짓 보고를 했다.

그들은 저주 기도를 하여 사람을 죽게 만드는 도구류인 고닌 천황을 본떠 만든 인형이나 부적 등이 이노에 방에서 발견되었다고 주장하며 그 도구류를 공개했다. 남편 고닌 천황을 빨리 죽게 만들어 아들 오사베를 일찍 천황으로 등극시켜 자신이 천황의 어머니의 입장에서 실권을 잡으려는 야심을 갖고 있었다는 식으로 후지와라씨는 이노에에게 누명을 씌었다.

이 사건에는 당시 이미 30대 중반이 된 다카노노니가사의 아들 간무(桓武)도 관여했을 가능성이 높다. 왜냐하면 이노에와 세자 오사베를 없애 버리면 자신이 세자 자리에 오를 수 있기 때문이다.

결과적으로 이노에와 오사베는 역모죄로 유배를 당했고 이들 모자는 유배지에서 일찍 죽고 만다. 그 무렵인 779년 신라와 일본 사이는 국교가 단절된다. 신라계 덴무 조가 완전히 망했으므로 신라와 일본 간의 국교도 단절된 것이다. 그리고 고닌 천황의 뒤를 이어 781년 간무가 제50대 일본 천황으로 등극했다.

이때 간무 천황은 자신이 천황으로 등극한 사실을 역성혁명으로 해석하여 일본의 인민들에게 널리 알린다. 즉 덴무 조가 하늘을 배신한 부도덕한 왕조였기 때문에 하늘에서 천벌을 내려 덴무 조를 망하게 했다는 이야기를 간무가 직접 선두에 서서 널리 유포한다.

간무가 유포한 이야기에는 부친 고닌 천황의 시대는 과도기적인 시대였다는 뉘앙스가 들어 있다. 고닌 천황의 시대에는 덴무 조의 잔재였던 이노에와 오사베를 청산해야 하는 시대였음을 드러내놓고 피력한 것이다.

간무는 자신이 올바른 하늘의 혈통인 덴지(나카노오에)의 혈통이며, 덴지의 혈통을 이어받은 천황으로써 부도덕한 덴무 조를 배척하고 일본의 통치를 맡게 되었다는 논리였다.

간무 천황은 덴무 천황부터 쇼토쿠 천황까지 8명의 덴무 조는 천황으로 인정할 근거도 없으며 조상으로 숭배할 필요도 없다고 강조했다. 진정한 혈통은 덴지의 혈통, 바로 백제의 혈통이라는 사상을

사진20. 센뉴지(泉涌寺) 불전(중요문화재). 신라계 덴무(天武) 조 8명을 제외하고 역대 천황을 제사 지내는 보다이지(菩提寺). 교토 히가시야마(京都 東山)에 위치.

후손들의 뇌리 속에 깊이 심어 놓았다.

　그리고 센뉴지를 천황들의 보다이지로 정했다. 센뉴지에는 덴지 천황, 즉 나카노오에 이후의 천황들의 위패가 모셔져 있지만 덴무 조 천황 8명의 위패는 없다. 이후 역대 천황들은 덴무 조 천황 8명을 혈통이 다른 천황으로 분류하여 계속 제외시켰고, 에도시대가 끝날 때까지 그들의 제사를 지내지 않았다.

제5절 백제계 고닌 천황의 비(妃) 무령왕 9대 후손 다카노노니가사(高野新笠)의 등장과 신라와의 국교 단절

　고닌 천황의 황후 이노에(井上)는 쇼무 천황의 황녀였다. 그러므로 덴무 천황의 혈통이다. 결국 제48대 쇼토쿠 천황은 여계라고는 해도 덴무 계의 마지막 천황 계승자로서 덴지 천황과 덴무 천황의 혈통 사이에서 태어난 오사베(他戶)를 입태자하라는 유언을 남긴다. 그리하여 62세 고령으로 오사베의 아버지 시라카베왕이 천황에 즉위한 것이다. 그 목적은 오사베를 천황으로 즉위시키기 위한 중간 역할이었다. 그러나 덴지 천황의 오른팔이었던 나카토미 가마타리의 후손이자 막강한 천황의 외척으로 성장한 후지와라씨가 이 기회를 놓칠 리가 없었다.

후지와라씨는 고닌 천황의 제2부인인 다카노노니가사가 무령왕의 9대 후손이라는 사실에 착안하여 덴무계 황후인 이노에와 태자 오사베를 폐하려는 음모를 꾸미고 실천에 옮긴다.

그 결과 772년 이노에는 남편인 고닌 천황을 저주했다는 누명을 쓰고 폐비되었고, 오사베 태자도 폐태자되고 만다. 이 둘은 유배를 당했다가 변사한다. 이 사건으로 신라계 덴무 천황의 혈통은 완전히 끊어진다.

773년, 고닌 천황은 무령왕의 후손인 다카노노니가사에게서 태어난 야마베(山部) 황자를 입태자했다. 그가 간무(桓武) 천황이다.

고닌 천황은 781년에 병을 핑계삼아 야마베 태자에게 양위하고, 야마베는 제50대 간무 천황으로 즉위한다. 이어서 일본은 779년 신라와 국교를 단절한다. 덴무 조 내내 일본은 신라와 국교를 맺고 있었지만 일본의 왕조가 완전히 백제계로 바뀌자, 즉 덴지계의 백제계로 복귀하자 일본은 신라와 국교를 단절해 버린 것이다. 이 같

은 사실을 봐도 덴무 조는 신라와 깊이 관련된 왕조였음을 알 수
있다.

이리하여 일본 천황의 혈통은 다시 덴지 천황(나카노오에, 풍=의자
왕의 왕자)의 혈통으로 복귀한다. 즉 현재의 아키히토 천황까지 백
제 의자왕의 혈통이 계속 이어지고 있다.

그림9. 제38대 덴지 천황부터 제50대 간무 천황까지 일본 천황 계보도

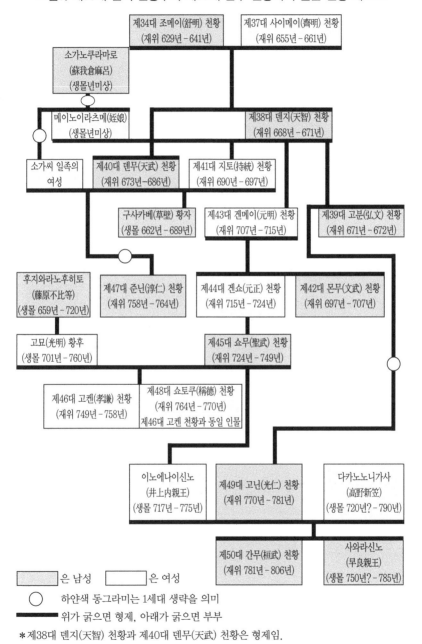

제34대 조메이(舒明) 천황 (재위 629년 – 641년)

제37대 사이메이(齊明) 천황 (재위 655년 – 661년)

소가노쿠라마로 (蘇我倉麻呂) (생몰년미상)

메이노이라츠메(姪娘) (생몰년미상)

제38대 덴지(天智) 천황 (재위 668년 – 671년)

소가씨 일족의 여성

제40대 덴무(天武) 천황 (재위 673년 – 686년)

제41대 지토(持統) 천황 (재위 690년 – 697년)

구사카베(草壁) 황자 (생몰 662년 – 689년)

제43대 겐메이(元明) 천황 (재위 707년 – 715년)

제39대 고분(弘文) 천황 (재위 671년 – 672년)

후지와라노후히토 (藤原不比等) (생몰 659년 – 720년)

제47대 준닌(淳仁) 천황 (재위 758년 – 764년)

제44대 겐쇼(元正) 천황 (재위 715년 – 724년)

제42대 몬무(文武) 천황 (재위 697년 – 707년)

고묘(光明) 황후 (생몰 701년 – 760년)

제45대 쇼무(聖武) 천황 (재위 724년 – 749년)

제46대 고켄(孝謙) 천황 (재위 749년 – 758년)

제48대 쇼토쿠(稱德) 천황 (재위 764년 – 770년) 제46대 고켄 천황과 동일 인물

이노에나이신노 (井上内親王) (생몰 717년 – 775년)

제49대 고닌(光仁) 천황 (재위 770년 – 781년)

다카노노니가사 (高野新笠) (생몰 720년? – 790년)

제50대 간무(桓武) 천황 (재위 781년 – 806년)

사와라신노 (早良親王) (생몰 750년? – 785년)

은 남성 　 은 여성

하얀색 동그라미는 1세대 생략을 의미

위가 굵으면 형제, 아래가 굵으면 부부

＊제38대 덴지(天智) 천황과 제40대 덴무(天武) 천황은 형제임.

제7장 일본의 고대 국가 형성과『만요슈(萬葉集)』

　　『만요슈(萬葉集)』는 주로 7세기 초반부터 8세기 중반까지 약 120년간에 걸쳐서 지어진 시(일본의 전통 시가에서 가장 오래된 형태로서 '와카(和歌)'라고 하며, '노래'라고도 하지만 여기서는 '시'라고 칭한다)를 전 20권으로 편집한 일본에서 가장 오래된 시가집이다. 첫 번째 시는 유랴쿠(雄略) 천황(제21대 천황 : 418-479)의 시가 수록되어 있으나 두 번째 시는 시대를 뛰어넘어 조메이 천황(제34대 천황 : 594?-641)의 시가 수록되어 있다. 시를 쓴 사람은 천황과 귀족을 비롯하여 하급 관리, 병사, 서민 등 다양한 신분층이었고, 시편은 4,500여 수에 달한다. 성립 시기는 759년 이후로 추측되는데, 그 시기는 도다이지(東大寺) 사찰의 대불 개안식이 있던 무렵이었고 일본은 덴무 조세상이었다.

　　『만요슈』의 시대 구분은 4기로 나뉜다.

　　제1기는 주로 조메이 천황 즉위(629)에서 임신의 난(672)까지이며, 황실의 행사나 사건에 밀착된 노래가 많다. 대표적인 와카(和

歌) 시인으로서는 누카타노 오키미(額田王)[213]가 가장 많이 알려져 있다. 그 밖에도 조메이 천황 · 덴지 천황 · 아리마(有間) 황자[214] · 후지와라 가마타리 등이 시를 썼다.

제2기는 710년까지이며 본서와 관련을 가진 대표 시인으로는 덴무 천황 · 지토 천황 · 오쓰(大津) 황자[215] · 시키(志貴) 황자 등이 있다.

전체 4기 중에 본서에서는 상기한 1, 2기를 중심으로 대표적인 시가를 살펴보기로 한다. 그 목적은 시가를 통해 본서 1-5장에서 다룬 격동의 고대 일본의 국가 형성기를 보다 잘 분석하기 위함이다. 같은 시기 동국(東國)에서 북규슈의 방비를 위해 징병된 사키모리(防人)[216]들의 시가도 흥미롭지만 여기서는 천황과 왕족들의 시가만을 다루기로 한다.

『만요슈』 연구의 저본으로는 국립중앙도서관에 소장되어 있는 『구역 만엽집(口訳万葉集)』 상권과 하권(峰岸義秋 저, 山海堂出版部,

---

213) 누카타노 오키미(額田王, 생몰년도 미상) : 사이메이 천황 시대부터 지토 천황 시대까지 활약한 대표적인 만요 와카 가인(歌人).

214) 아리마(有間) 황자(640-658) : 을사정변(645) 후에 고교쿠 천황에 이어 즉위한 고토쿠(孝德) 천황의 아들. 나카노오에의 계략에 의해 고교쿠 천황과 나카노오에에 모자 타도 계획을 세웠다는 혐의로 체포되어 만 18세에 사형을 당한 비극의 황자.

215) 오쓰(大津) 황자(663-686) : 덴무 천황의 아들. 태자에 오른 이복형제 구사카베(草壁) 황자와 함께 유능한 황자였으나, 덴무 천황이 서거한 해에 태자를 역모했다는 누명을 쓰고 24세의 나이로 사약을 받고 죽었다.

216) 사키모리(防人) : 일본 고대에 주로 간토(関東) 지방에서 파견되어 한반도와 인접한 쓰쿠시(筑紫, 현재의 후쿠오카) · 이키(壱岐)섬 · 쓰시마(対島)섬 등 규슈 지방의 변방 요지를 수비하던 병사. 21세~60세의 남자가 3년 간 변방을 지키는 군역의 의무가 있었다.

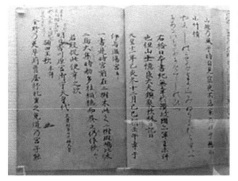

1944-45), 『고전고구-만엽편(古典考究-万葉扁)』(石井庄司 저, 八雲書店, 1944)을 인용하였다.

제1절 만요가나(萬葉仮名)에 대해

『만요슈』에서는 '만요가나'라고 불리는 특수한 한자를 썼다. 당시는 일본어 글자인 '히라가나'와 '가타카나'가 아직 만들어지기 전이었으므로 한자의 음을 빌려 일본어 발음을 표기했는데, 그 표기 방법으로써 차용한 한자를 '만요가나'라고 한다.

만요가나에는 많은 한자가 사용되었는데 다음에 정리한 한자는 그중 일부이다. 만요슈 원문을 볼 때 참고가 된다.

만요가나(일부)[217]

아(あ) 阿、安、足、余、吾、網、嗚呼

이(い) 伊、夷、以、異、移、射、五、馬声

우(う) 宇、羽、有、卯、得、兎、菟

에(え) 衣、依、愛、榎、荏、得

오(お) 意、憶、於、応、於、飫、億、隠

카(か) 可、何、加、架、香、蚊、鹿、日

키(き)(甲) 支、伎、岐、企、棄、寸、来、杵、服、刻

키(き)(乙) 貴、紀、記、奇、寄、忌、幾、木、樹、城

쿠(く) 久、九、口、丘、苦、鳩、来、具、俱、供、求、救、孔、玖

케(け)(甲) 祁、家、計、係、価、結、鶏、異、来、盖

케(け)(乙) 気、既、毛、飼、食、消、飼、介、木

코(こ)(甲) 古、姑、枯、故、侯、孤、児、粉、籠、子、児、小

코(こ)(乙) 己、巨、去、居、忌、許、虚、興、木、樹

사(さ) 左、佐、沙、作、者、柴、紗、草、散、狭、猿、羅

시(し) 子、之、芝、水、四、司、詞、斯、志、思、信、偲、寺、侍、時、歌、詩、師、紫、新、旨、指、次、此、死、事、准、礒、為、僧、石、礎、足、羊蹄、二二

수(す) 寸、須、周、酒、州、珠、数、酢、栖、渚、巣、為、簀

세(せ) 世、西、斉、勢、施、背、脊、追、瀬、栖、剤、細、是、制

소(そ)(甲) 宗、祖、素、蘇、十、麻、礒、追馬

소(そ)(乙) 所、則、曽、僧、増、憎、衣、背、苑、其、彼

다(た) 太、多、他、丹、駄、田、手、立

---

217)「万葉仮名の研究」,『文字学』(明治書院, 1933)

치(ち) 知、智、陳、千、乳、血、茅、市、道

쓰(つ) 都、豆、通、追、川、津、管

테(て) 堤、天、帝、底、手、代、直、而、価

토(と)(甲) 刀、土、斗、度、戸、利、速、砺、砥、外、門、聡

토(と)(乙) 止、等、登、澄、得、騰、十、鳥、常、跡、迹、飛、与

나(な) 那、男、奈、南、寧、難、七、名、魚、菜、嘗、无、勿、莫、無、半

니(に) 二、人、日、仁、爾、迩、尼、耳、柔、丹、荷、似、煮、煎、土、何

누(ぬ) 奴、努、怒、農、濃、沼、宿、寐

네(ね) 禰、尼、泥、年、根、宿、嶺

노(の)(甲) 努、怒、野

노(の)(乙) 乃、能、笑、荷、饱、野

하(は) 八、方、芳、房、半、伴、倍、泊、波、婆、破、薄、播、幡、羽、早、者、速、葉、歯

히(ひ)(甲) 比、必、卑、賓、日、氷、負、飯、檜

히(ひ)(乙) 火、樋、干、乾

후(ふ) 不、否、布、負、部、敷、経、歴、生、歴

헤(へ)(甲) 平、反、返、弁、弊、陛、遍、覇、部、辺、重、隔、方、家

헤(へ)(乙) 閉、倍、陪、拝、戸、経、瓦缶、瓮

호(ほ)(甲) 百、穂

호(ほ)(乙) 百、帆、太、穂

마(ま) 万、末、馬、麻、摩、磨、満、前、真、間、鬼、喚犬

미(み)(甲) 民、彌、美、三、水、見、視、御、参、看、監

미(み)(乙) 未、味、尾、微、身、実、箕

무(む) 牟、武、無、模、務、謀、六、牛鳴

메(め)(甲) 売、馬、面、女、婦

메(め)(乙) 梅、米、迷、昧、目、眼、海藻

모(も)(甲) 毛、木、問、聞、藻、哭

모(も)(乙) 方、面、裙、藻、哭、喪、裳

야(や) 也、移、夜、楊、耶、野、八、矢、屋

유(ゆ) 由、喩、遊、湯、弓

예(いぇ) 曳、延、要、遥、叡、兄、江、吉、枝

요(よ)(甲) 用、容、欲、夜

요(よ)(乙) 与、余、四、世、代、吉、呼

라(ら) 良、浪、郎、楽、羅、等

리(り) 里、理、利、梨、隣、入、煎

루(る) 留、流、類

레(れ) 礼、列、例、烈、連、村

로(ろ)(甲) 路、漏

로(ろ)(乙) 呂、侶、里

와(わ) 和、丸、輪

의(ゐ) 位、為、謂、井、猪、藍、薗

애(ゑ) 廻、恵、面、咲、坐、座

위(を) 乎、呼、遠、鳥、怨、越、少、小、尾、麻、男、緒、雄、絃、男、緒、綬

가(が) 奇、宜、我、蛾、何、河、賀、俄、餓

기(ぎ)(甲) 伎、祇、芸、岐、儀、蟻

기(ぎ)(乙) 疑、宜、義、擬

구(ぐ) 具、遇、隅、求、愚、虞

게(げ)(甲) 下、牙、雅、夏

게(げ)(乙) 義、気、宜、礙、削

고(ご)(甲) 吾、呉、胡、娯、後、籠、児、悟、誤

고(ご)(乙) 其、期、碁、語、御、馭、凝

자(ざ) 社、射、謝、耶、奢、裝、蔵

지(じ) 自、士、仕、司、時、尽、慈、耳、餌、児、弍、爾

쯔(ず) 受、授、殊、儒、簀

제(ぜ) 是、湍

쪼(ぞ)(甲) 俗

쪼(ぞ)(乙) 序、叙、賊、存、茹、鋤

다(だ) 陀、太、大、囊

지(ぢ) 遅、治、地、恥、尼、泥、道、路

쯔(づ) 豆、頭、弩

데(で) 代、田、泥、庭、伝、殿、而、涅、提、弟

도(ど)(甲) 土、度、渡、奴、怒

도(ど)(乙) 特、藤、騰、等、耐、抒、杼

바(ば) 伐、婆、磨、魔

비(び)(甲) 婢、鼻、弥

비(び)(乙) 備、肥、飛、乾、眉、媚

부(ぶ) 夫、扶、府、文、柔、歩、部、蜂音

베(べ) 弁、便、別、部

베(べ) 倍、毎

보(ぼ) 煩、菩、番、蕃

제2절 천황과 왕족들의 시

1. 조메이(舒明) 천황의 시

조메이 천황이 『만요슈』 권1-2에 다음과 같은 시를 남겼다.

야마토(大和)에는 산이 많지만 그중에서도 특히 좋은 아마노카구산(天香具山)에 올라 나라를 내려다보면 나라의 여기저기 가옥에서는 연기가 솟아오르고 바다에서는 하얗게 갈매기가 날고 있네. 아키즈섬(蜻蛉島)의 야마토국은 참으로 좋은 나라네.

원문 : 山常庭 村山有等 取與呂布 天乃香具山 騰立 國見乎爲者 國原波 煙立龍 海原波 加萬目立多都 怜可國曾 蜻嶋 八間跡能國者 (권1-2)

조메이 천황이 지금의 나라현(奈良県) 가시하라시(橿原市)에 있는 아마노카구산(天香久山)에 올라 읊은 노래다. 아마노카구산은 야마토 3산 중 하나이며, 표고는 152.4m로 그리 높지 않아서 산이라기보다 언덕이라는 인상이지만, 고대부터 천(天)이라는 존칭이 붙을 만큼 신성시되었던 산이다.[218]

필자는 앞에서 조메이 천황이 당시 일본에 와 있던 의자왕의 동

---

218) http://ja.wikipedia.org/wiki/天香久山(검색 : 2010.12.6.)

사진22. 백제의 수도였던 부여와 풍광이 비슷한 옛 아스카 시대 나라지방의 마을.

생 '새상'이라는 논의를 전개했었다. 『일본서기』를 보면 조메이는 즉위한 후로 줄곧 야마토 지방에서 살았다. 몇 차례 황궁을 바꾸었지만 항상 가까운 범위 내에서 이동을 했다. 그렇게 해서 아마노카구산과도 늘 가까운 거리를 유지했다. 그런 그가 늘 바라보기만 하던 아마노카구산에 직접 올라가서 위와 같은 시를 읊었다. 언덕에 올라 아래를 내려다보니 자신이 살고 있는 야마토국이 환히 보이고 백성들의 집에서는 평화롭게 연기가 오르고 갈매기들은 자유롭게 날고 있다. 평화롭고 자유로운 야마토국을 한눈에 바라보며 만족한 심정으로 쓴 시다.

의자왕의 왕자인 풍(=나카노오에)을 돌보라는 명을 받고 백제를 떠나왔지만 일본에서 천황 자리까지 얻었으니 진정으로 일본의 야마토에 오기를 잘했다고 노래하는 조메이 천황의 마음이 그대로 전해져 오는 것 같은 시다.

2. 사이메이(齊明) 천황을 대신해서 읊은 시

『만요슈』권1-8에 누카타노 오키미(額田王)의 시가 실려 있다.

니키타쓰(熟田津)에서 배 띄우려 달을 기다리니 드디어 밀물도 차오르고 파도도 잔잔해졌네. 지금은 출항하기에 좋은 때, 자! 어서 배 저어 가자.

원문 : 熟田津尓 船乘世武登 月待者 潮毛可奈比沼 今者許藝乞菜 (권1-8)

서기 660년, 사이메이(고교쿠) 천황 6년, 백제는 신라와 당이 손잡은 18만 명(소정방(蘇定方)이 이끄는 13만 명의 당나라군과 신라의 김유신(金庾信)이 이끄는 5만 명의 신라군)의 나당 연합군에 의해 전멸하자, 황급히 일본에 지원군을 요청한다. 이에 백제 의자왕의 부인 중 한 사람이었을 사이메이 천황은 백제 부흥을 위해 군대 출병 준비를 한다. 사이메이 천황은 백제 왕자 풍(=나카노오에)을 백제 땅으로 보내기 위해 북규슈로 향하는 중이었다. 661년, 사이메이 천황 7년, 사이메이 천황은 시코쿠(四國)의 니키타쓰(지금의 에히메현 마쓰야마시(愛媛県 松山市))의 행궁에 잠시 머물고 있었다. 이 시코쿠 섬에서 한반도로 떠나는 최종 출발점인 북규슈를 향해 배를 띄우려고 바다가 잔잔해지기를 기다리고 있을 때 읊은 시이다. 이때 누카타노 오키미는 그 일행 중 한 사람으로서 사이메이 천황을 모시는 위치에 있었다.

어두운 항로에 달빛이 비치고 밀물이 가득 밀려오는 정경을 마주하고 한반도 백제를 향해 험난한 항해를 떠날 사람들에게 용기와 힘을 북돋아 주는 사이메이 천황의 당당한 모습이 눈앞에 그려진다. 누카타노 오키미의 대표적 명작일 뿐만 아니라 초기 만요 시가의 심벌과 같은 걸작이다.

백제계 도래인이라고 알려진 누가타노 오키미는 덴지와 덴무 두 천왕이 사랑한 여인이었다. 일본 고대역사에서 생몰연도가 미상이거나 수수께끼 같은 인물은 한반도 도래인인 경우가 많다. 누가타노 오키미 또한 만요슈에는 서기 690년까지 생존했다고 나오지만 생몰연대조차 미상이다. 무녀나 신녀라고 알려져 있으며, 그녀의 빼어난 다수의 시가 만요슈에 수록되어 있다. 작품은 주로 사이메이 천황, 덴지 천황 조의 공적인 장면에 관한 내용이다. 즉 그녀는 궁정시인이었다. 위의 시는 사이메이 천황을 대신해서 노래했다고도 하는데, 당시 천황의 시를 대신해서 읊어줄 사람은 아마도 신탁을 담당하는 궁중의 신녀나 무녀뿐이었으리라.

3. 덴지 천황(나카노오에[中大兄])의 시

앞에서도 논했듯이 덴지 천황(나카노오에)는 백제 구원을 위해 태어난 사람처럼 살았다. 자신이 직접 진두지휘하며 군사를 이끌고 바다를 건너와 백제부흥운동에 진력했다. 그리고 백제가 멸망한 후에는 백제에서 건너온 망명자들을 모두 포용했으며 관직도 주고 살 곳도 마련해 주었다.

46세로 붕어하기 한 해 전인 671년, 덴지 천황 10년 조에 덴지 천황의 이러한 속마음을 가감 없이 나타낸 와자우타(童謠 · 謠歌)[219]가 있다. 멸망한 모국 백제를 향한 덴지 천황의 애달픔이 그대로 전해오는 듯하다.

굴은 저마다 가지가지에 달려 있지만
구슬로 엮는다면 하나의 끈으로 꿸 수가 있네

원문 : 多致播那播 於能我曳多曳多 那例々騰母 陀麻爾農矩騰岐 於野兒弘儞農俱

나카노오에(후에 덴지 천황)는 누카타노 오키미를 사이에 두고 계보 상의 동생인 오아마 왕자(후에 덴무 천황)와 삼각관계였는데, 나카

---

219) 일본의 고대에 정치적인 풍자라든가 사회적 사건을 예언한 유행가. 고대에서도 상대(上代)에 속하는 시기에 유행한 가요(歌謠)의 한 종류이며, 『일본서기』의 「고교쿠 기(皇極紀)」 「사이메이 기(齊明紀)」 등에 기록되어 있다.

노오에는 누카타노 오키미를 자신의 여자로 만들어 버린다. 다음은 그러한 나카노오에의 심정이 잘 나타난 시이다. 『만요슈』 권1-13에 실려 있다.

가구산(香久山)은 우네비산(畝傍山)이 예쁘다고 미미나시산(耳成山)과 다투었다고 하네. 일본의 신대(神代)부터 그러했으니 지금 세상에서도 아내를 둘러싸고 싸우는 것이리.

원문 : 高山波 雲根火雄男志等 耳梨與 相諍競伎 神代從 如此尓有良 之 古昔母 然尓有許曾 虚蟬毛 嬬乎 相挌良思吉 (권1-13)

아마노카구산은 가구산이라고도 불렀다. 이 산은 『만요슈』에 자주 등장하는 산이다. 나카노오에는 신대에 가구산과 미미나시산이 우네비산을 놓고 싸웠다는 설화에 빗대어 자신과 오아마 왕자가 누카타노 오키미를 놓고 연적으로서 싸우고 있다는 것을 암시했다.

훗날 덴지의 아들인 오모토 왕자와 전쟁(=임신의 난)을 치를 때, 덴지에게 누카타노 오키미를 빼앗긴 오아마 왕자의 마음 속 앙금이 되살아나 필요 이상으로 잔인하게 오모토 왕자를 살해했는지도 모른다.

누카타노 오키미는 원래 오아마 왕자(=덴무 천황)의 아내였다. 그런데도 덴지 천황이 누카타노 오키미를 아내로 삼으려 했을 때 그녀는 거절하지 않았다고 한다. 『일본서기』에는 덴지 천황이 누카타노 오키미를 부인으로 맞이했다는 기록은 없다. 대신 오아마 왕자

(=덴무 천황)가 누카타노 오키미를 아내로 맞이하여 그녀는 후에 덴지 천황의 아들 오토모(大友) 황자의 부인이 된 도치(十市) 황녀를 낳았다는 기록이 있다.[220]

4. 아리마(有間) 황자의 만가(挽歌)[221]

아리마 황자는 고토쿠(孝德) 천황에게서 태어난 황자이다. 고토쿠 천황은 645년의 을사정변 이후 고교쿠 천황의 뒤를 이어 즉위한 천황이며, 계보 상 고교쿠 천황의 남동생으로 기록되어 있다. 고토쿠 천황이 서거한 후에 고교쿠 천황이 다시 사이메이 천황으로 이름을 바꿔 즉위했을 때 아리마 황자 정변이 일어났다.

그것은 음모였다. 여성 천황인 사이메이 천황이 온천에 다니러 가서 부재중일 때 왕궁을 지키던 수위관 소가 아카에신(蘇我赤兄臣)이 아리마 황자에게 다가가 사이메이 천황의 과실을 열거했다. 이에 아리마 황자는 이렇게 대답한다.

　　"이제 나도 무기를 쥘 나이가 되었다."[222]

그리고서 소가 아카에신과 모의를 한다. 그러나 그 후 소가 아카

---

220) 전게서, 『日本書紀Ⅲ』, pp.241-242.
221) 만가(挽歌) : 사람의 죽음을 읊는 노래(와카).
222) 전게서, 『日本書紀Ⅲ』, p.164.

에신은 아리마 황자 집을 포위해서 아리마 황자를 비롯하여 그 자리에 있던 사람들을 모두 구속하여 사이메이 천황에게 알리고 아리마 황자 등을 사이메이 천황이 가 있던 온천지로 호송한다. 다음은 호송 중에 아리마 황자가 지은 시다.

이와시로(磐白)[223] 바닷가 소나무 나뭇가지를 붙잡고서라도 무사히 살아남기만 한다면 그날 다시 이곳에 돌아오리라.

원문 : 磐白乃 濱松之枝乎 引結 真幸有者 亦還見武 (권2-141)

사이메이 천황이 가 있던 온천지에서 나카노오에가 아리마 황자에게 왜 역모를 꾀했느냐고 물었다. 아리마 황자는 "하늘과 소가 아카에신만이 알 것입니다. 저는 아무 것도 모릅니다."라고 대답했다. 이틀 후 아리마 황자는 교수형으로 세상을 떠났다.[224] 아리마 황자 정변은 아리마 황자를 견제한 나카노오에가 계획한 음모였다. 아리마 황자가 처형당했을 때 불과 19세였다.

---

223) 이와시로(磐白)는 현재 와카야마현 히다카군 미나베초(和歌山県 日高郡 南部町)이다.
224) 전게서, 『日本書紀Ⅲ』, pp.164-165.

5. 나카노오에가 오미(近江)로 천도할 때 누카타노 오키미(額田王)가 쓴 시

666년 나카노오에는 도읍을 오미(近江)의 오쓰궁(大津宮)으로 옮긴다. 백제부흥운동에 실패하여 고구려로 피했다가 일본에 돌아온 나카노오에(=풍)가 곧바로 천황에 즉위하기에는 난관이 많았다. 나카노오에는 일본 국내가 어느 정도 안정되었다고 판단한 666년 3월에 도읍을 오미로 옮긴다.[225] 그곳에서 천황으로 즉위하기 위해서였다. 『만요슈』 권1-17번의 시는 나카노오에 일행이 마치 야마토에서 도주를 하듯 오미로 향하는 모습이 잘 나타나 있다. 그 길목 어디선가에서 누카타노 오키미가 읊은 시다.

미와산(三輪山)[226]이 나라(奈良)의 산기슭에 숨을 때까지 많은 분기점을 지나면서 계속해서 보고 싶고 한없이 보고 싶은 산인데, 왜 구름은 저 산을 가리는지요.

원문 : 味酒 三輪乃山 青丹吉 奈良能山乃 山際 伊隱萬代 道隈 伊積流萬代尓 委曲毛 見管行武雄 數數毛 見放武八萬雄 情無 雲乃 隱障倍之也 (권1-17)

---

225) 상게서, p.197.
226) 미와산을 태곳적부터 신이 사는 산이라 해서, 신 자체로 여기거나 신성시해서 보통 사람들은 함부로 발을 들여놓지 못하는 산이었다. 에도시대에는 막부가 엄중한 정령을 내려 신사의 허가 없이는 아무도 입산하지 못했다. 야마토 정권 초기에 미와 왕조(=스진 왕조)가 존재했다고 추측되는 산이다. 200~300m에 이르는 큰 고분이 많은데 그중에는 제10대 스진 천황, 제12대 게이코 천황의 능이 있다.

낙향하는 심정으로 나카노오에 일행은 오미로 향했을 것이다. 다음 해(667) 1월 나카노오에는 오미에서 덴지 천황으로 즉위한다.[227]

6. 오미국의 오쓰궁을 둘러보고 궁중 시인 가키노모토노 히토마로(柿本人麻呂)가 쓴 시

가키노모토노 히토마로[228]는 궁중 시인으로 유명한데, 그 또한 생몰연도나 출생지 등이 확실치 않다.[229] 가성(歌聖)이라고 불리었고 만요슈에 많은 작품을 남겼으며 대시인으로서 후세에 지대한 영향을 미쳤다. 지토 천황 3년(689년)부터 10년 간 집중적으로 많은 작품을 썼으며, 주로 중요한 행사 등에서 시를 지어 올렸다. 장중하고 웅대하며 격조 높은 시가 주를 이룬다.

이 시는 오미국의 오쓰궁을 둘러본 히토마로가 나카노오에가 오쓰궁으로 천도할 때의 심정을 표현했다.

우네비산(畝傍山)의 가시하라(橿原)에 계시던 신대부터 대대로 천하

---

227) 전게서, 『日本書紀 Ⅲ』, p.198.

228) 가키노모토노 히토마로(柿本人麻呂, 생몰미상) : 『만요슈』의 제1가인으로 불린다. 장가 19수, 단가 75수가 게재되어 있다. 천황=신이라는 표현을 가장 많이 쓴 것으로 알려져 있다.

229) http://ja.wikipedia.org/wiki/柿本人麻呂(검색 : 2010.12.11.)

를 다스리셨는데 야마토국(大和國)을 떠나 나라산(奈良山)을 넘으실 때 어떤 생각을 하셨을까. 도읍에서는 떨어져 있지만 여기 오미국의 오쓰 궁(大津宮)에서 옛날에도 천하를 다스리셨다고 하네. 천황의 궁전은 이 자리이고 대전(大殿)은 저 자리라고 하지만 아무리 말해도 봄풀만 무성하고 봄 안개 끼어 봄 색깔이 뿌연 이 도읍. 아아! 슬프도다.

原文 : 玉手次 畝火之山乃 橿原乃 日知之御世従 阿礼座師 神之盡 樛木乃 弥繼嗣尓 天下 所知食之乎 天尓滿 倭乎置而 青丹吉 平山乎超 何方 御念食可 天離 夷者雖有 石走 淡海國乃 樂浪乃 大津宮尓 天下 所知食兼 天皇之 神之御言能 大宮者 此間等雖聞 大殿者 此間等雖云 春草之 茂生有 霞立 春日之霧流 百礒城之 大宮處 見者悲毛 (권1-29)

상기 5.에서 소개한 바와 같이 누카타노 오키미가 나카노오에 의 일행 중 한 사람으로서 오미국을 향해 가면서 몹시 슬퍼하듯이, 궁중 가인 가키노모토노 히토마로도 후에 오미국의 오쓰궁을 둘러보면서 탄식하며 그 심정을 읊었다. 이 시에서도 느껴지듯이 당시의 나카노오에의 오미국 행은 어쩔 수 없이 쫓기듯 옮겨간 여정이었다. 그만큼 나카노오에(=풍)의 칭제는 백성들에게 환영받지 못했던 것이다.

7. 누카타노 오키미와 오아마(大海人) 왕자 사이의 사랑의 시 2편

누카타노 오키미는 덴지 천황의 아내가 된 후에도 오아마 왕자와 만났다고 해석되는 시가 있다. 『만요슈』권1의 20과 21의 시 두 편이다.

　　누카타노 오키미 : 암적색 빛으로 가득 찬 보라색 들판, 덴지 천황의 영지인 들판에서 아아, 당신은 그렇게 소맷자락을 흔들고 계시는군요. 혹여 들을 지키는 이가 볼지도 몰라요.
　　원문 : 茜草指 武良前野逝 標野行 野守者不見哉 君之袖布流 (권 1-20)

　　오아마 왕자 : 보라색처럼 아름다운 당신. 당신을 미워한다면 남의 아내인 당신을 어찌 사모할까요.
　　원문 : 紫草能 尒保敝類妹乎 尒苦久有者 人嬬故尒 吾戀目八方 (권 1-21)

위 두 편의 노래는 누카타노 오키미가 오아마 왕자와 밀회했을 때의 시라고 흔히 해석되었다. 그러나 누카타노 오키미의 시 제목은 '천황(=덴지 천황)이 가모노(蒲生野)에 사냥을 나갔을 때 누카타노 오키미가 지은 시'라고 되어 있다.

그리고 오아마 왕자의 시에는 '주'가 달려 있고, 『일본서기』에 기록되어 있기를 덴지 천황 7년 여름 5월 5일에 가모노에 사냥을 나갔으며, 이때 오아마 왕자와 내신 및 군신들이 모두 따라갔다'[230]라는 설명이 붙어 있다. 그러므로 이 두 사람의 사랑 노래는 사냥 도중 연회가 열렸을 때 덴지 천황의 요청에 의해 두 사람이 속내를 감추고 농담조로 지은 시라고 봐야 한다.

8. 지토(持統) 천황의 시·1

지토 천황(646-703, 재위 686-697)은 덴지 천황의 딸이지만 신라계 덴무와 결혼하여 덴무 천황을 도와 천황에 오르게 한 후, 그가 죽자 뒤를 이어 손자 몬무 천황에게 왕위를 계승하기 위한 중간 역할로서 천황에 오른다.

원래 덴지 천황의 딸이므로 혈통으로 볼 때는 덴지 계이지만 덴무 천황의 황후라는 위치였으니 덴무 계 천황 계열에 든다. 이 시는 가구산을 읊은 시 중 하나이다. 여름이 다가온 가구산 기슭에 누군가 널어놓은 하얀 옷, 그 위에 떠 있는 구름도 하얀 옷을 널어놓은 듯하다는 뜻으로 해석된다.

정치적 상황을 읊은 노래가 아니라 신의 상징인 가구산도 여름이 되면 하얀 옷을 입는다는 감동을 노래에 담았다고 보인다.

봄 지나 여름 오고, 흰 옷 널어놓은 가구산 위로 하얀 구름 널어놓

---

230) 전게서, 『日本書紀 Ⅲ』, p.198.

았네.

(원문 : 春過而 夏来良之 白妙能 衣乾有 天之香来山 / 일본어 표기 : 春過ぎて夏来たるらし、白妙の衣干したり、天の香具山)(권1-28)

9. 지토(持統) 천황의 시 · 2

지토 천황은 덴무 천황이 서거한 후, 남편 덴무를 사모하는 마음이 사무쳐서 다음과 같은 시를 지었다.

내 대군께서 해질 녘에도 보시고 해가 뜰 때에도 보시던 기무오카산(神岳山)의 노란 나뭇잎을 (살아 계셨더라면) 오늘도 꼭 보러 오셨겠지요. 내일도 보러 오시겠지요. 나는 저 산을 바라보며 해질 녘에는 한없이 슬프고 해가 뜰 때에는 몹시도 외로워서 옷소매가 마를 날이 없습니다.

원문 : 八隅知之 我大王之 暮去者 召賜良之 明来者 問賜良志 神岳乃 山之黄葉乎 今日毛鴨 問給麻思 明日毛鴨 召賜萬旨 其山乎 振放見乍 暮去者 綾哀 明来者 裏佐備晚 荒妙乃 衣之袖者 乾時文無 (권2-159)

이 만가에서 지토 천황이 얼마나 덴무 천황을 사모했는지 그대로 전해져 온다. 아버지 덴지 천황은 당시 조국 백제의 멸망과 주변국의 참혹한 정세 등 자신에게 닥친 비정한 현실을 헤쳐 나가야 했으므로 가족에게조차 냉혹해야 했다. 그런 아버지 덴지 천황보다는 남편 덴무에게 훨씬 따스한 정을 느끼고 사모했으리라고 충분히 짐작할 수 있는 시이다. 또한 덴무 천황이 천황으로 즉위하게 된 배후에는 황후였던 지토 천황의 내조가 결정적인 역할을 했을 것이라고 판단된다.

10. 덴무 천황의 셋째 아들 오쓰(大津) 황자의 만가

오쓰 황자는 지토 천황의 친언니이자 자신의 남편인 덴무 천황의 또 다른 왕비가 된 오타(大田) 황녀의 아들이며 덴무 천황의 세 번째 아들이다.[231] 그런데 덴무 천황이 서거했을 때 오쓰 황자는 다음 천황 자리를 노리고 역모를 꾸몄다. 그것은 아직 천황으로 등극하기 전의 황후 지토와 그 아들 구사카베(草壁) 황자를 없애려는 계획이었다.

686년 덴무 천황이 서거한 같은 해 10월 2일에 오쓰 황자의 역모가 발각되었다고 『일본서기』에 기록되어 있다.[232] 역모를 꾸민 혐의로 오쓰 황자를 비롯해 약 30명이 체포되었고, 오쓰 황자는 다음 날 10월 3일에 '죽임을 당했다'[233]고 기록되어 있다. 그의 나이 24세였다. 다음 시는 죽음 앞에서 오쓰 황자가 읊은 만가이다.

---

231) 상게서, p.241.
232) 상게서, p.314.
233) 상게서, p.314.

이와레(磐余) 연못에서 우는 오리를 보는 것도 오늘이 마지막인가. 나는 이제 구름 뒤로 숨어야 하네.

원문 : 百傳 磐余池尓 鳴鴨乎 今日耳見哉 雲隠去牟 (권3-416)

오쓰 황자는 처형을 당했고 연루된 30여 명 중 한 명은 유배를 갔으며 오쓰 황자의 역모에 가담한 신라 승려는 다른 사찰로 옮겨야 했다. 그리고 나머지 사람은 모두 죄를 용서받았다.[234] 이 같은 일련의 과정을 볼 때, 이 사건 또한 황자 중에서 힘이 있었던 오쓰 황자를 없애려는 음모였을 가능성이 높다. 이를 꾸민 사람은 지토 황후였을 것이다. 그녀는 병약한 아들 구사카베 황자를 지켜야 한다는 강박 관념이 강했다고 보인다. 이처럼 덴무 조의 우수한 황자들이 하나, 둘 사라지면서 결국 덴무 조의 혈통이 끊어져 버린다.

11. 시키(志貴) 황자의 시

시키 황자(?-716)는 덴지 천황의 일곱 번째 황자이자 덴무 조의 혈통이 끊어진 후에 덴지 계 천황으로 즉위한 시라카베왕(=고닌 천황)의 아버지이다. 고닌 천황은 시키 황자의 여섯 번째 황자였다. 현재의 천황 가 혈통은 덴지 천황에서 시키 황자를 통해 이어졌고

---

234) 상게서, pp.314-315.

고닌, 간무 천황 등으로 계승되었다.

시키 황자는 덴무 조가 이어지는 과정에서 왕위 계승과는 관계가 없었다. 그래서 정치를 떠나 문화 세계에서 살았던 인물이다.[235] 자연을 감상하는 데 뛰어난 재능을 가진 인물이며 『만요슈』에도 6편의 시를 남겼다.

아래의 시는 시키 황자가 694년, 즉 지토 천황 8년에 후지와라 궁(藤原宮)으로 도읍을 옮겼을 때 그때까지 아스카(明日香)에 있던 구 도읍지 아스카키요미하라 궁(飛鳥浄御原宮)에서 새 도읍을 멀리 바라보면서 읊은 시다.

궁녀의 소매를 흔들고 가는 아스카(明日香)의 바람조차 멀리서 도읍을 바라보며 허무하게 불고 있네.

원문 : 采女乃 袖吹反 明日香風 京都乎遠見 無用尓布久 (권1-51)

이 시를 보면 시키 황자 등 덴지 계 황자들은 후지와라 궁으로 옮겨가지 못했던 듯하다. 지토 천황은 시키 황자의 이복누나에 해당된다. 덴지 천황을 아버지로 둔 두 남매의 운명은 대조적이었다. 덴무 천황의 황후가 된 지토 천황은 덴지의 딸이었으나 이미 덴무 편에 서 있었고, 덴무의 혈통을 지키려고 온 힘을 다하고 있었다. 그에 비해 시키 황자는 덴지 천황의 황자라는 이유로 덴무 천황의

---

235) http://ja.wikipedia.org/wiki/志貴皇子(검색 : 2010.12.11.)

황자들과는 달리 소외당하는 입장이었다.

그러나 약 70년 후 시키 황자의 아들 구사카베 황자가 고닌 천황에 즉위함으로써 그 혈통이 현재 천황 가의 혈통으로 정착되었다. 후지와라 궁을 멀리서 바라보며 한숨지었을 시키 황자는 그 당시 자신의 혈통이 일본 천황 가의 혈통으로 정착되리라고는 상상도 못했을 것이다.

시키 황자는 716년에 사망했으나, 고닌 천황이 즉위한 후 아버지 시키 황자를 고카스가노미야(御春日宮天皇) 천황으로 추존(追尊)했다.[236] 아버지의 한을 풀어주기 위해서였다.

12.『만요슈』의 시와 천황 가의 역사

『만요슈』에는 여러 종류의 시가 포함되어 있다. 본서에서는 6장까지 다루었던 역사적인 부분에 해당하는 시 일부를 소개하고 해설을 썼다.

그 결과『고사기』나『일본서기』만으로는 알 수 없었던 내용을 상당 부분 알게 되었다. 특히 나카노오에가 등장한 후로는 그가 천황으로 등극하기 위해서 정적이 될 만한 인물들을 계속 없앴다는 사실과 그로 인해(백제 멸망과의 관련성도 포함하여) 오미국으로 천도를 해야만 했다는 사실, 그리고 덴무의 황후 지토 천황이 자신의 혈통

---

236) 상게사이트(검색 : 2010.12.11.)

을 남기기 위해 덴무의 다른 부인에게서 태어난 황자들을 제거해
나갔다는 사실들이다. 그런 의미에서 『만요슈』는 특히 조메이 천황
이후 8세기 중반까지 역사서에 기록되지 않은 역사를 보충해 주는
중요한 역할을 해주었다.

제8장 결론

미즈노 유의 학설

제2차 세계대전 후, 1950년대에 와세다대학 사학과 교수 미즈노 유(水野祐)는 일본의 고대 국가에서 3종류의 왕조가 교체되었고, 제26대 게이타이(繼體) 천황의 야마토(大和) 제3왕조(신왕조)가 현재까지 이어지는 일본 천황의 혈통의 시작이라고 주장했다. 게이타이 천황은 507년(?)부터 531년(?)까지 천황 자리에 있었다. 이때 백제에서는 주로 무령왕의 치세였다.

본서가 본 게이타이 천황

본서에서는 게이타이 천황이 신왕조의 창시자라는 미즈노 유의 학설을 수용한다. 그러나 본서는 게이타이 천황이 순수한 일본 천황이 아니라 가야에서 온 가야의 왕, 특히 일본에 철의 공급지였으며 『일본서기』에 임나일본부가 있었다고 기록된 안라국의 왕이었을 가능성이 크다고 보았다.

그 증거로 게이타이 천황의 출신지가 명확하지 않은 점을 들 수 있다. 일본에서는 게이타이 천황의 출신지를 현재의 후쿠이현(福井縣)으로 보는 견해가 지배적이지만 『고사기』와 『일본서기』에는 그의 출신지가 단지 삼국(三國)이라고만 기재되어 있다. 『고사기』와 『일본서기』에는 다른 천황들의 출신지를 나타낼 때는 상세히 지명을 밝혀 놓았는데, 게이타이 천황의 출신지는 애매하게 명기되어 있다.

게이타이 천황의 출신지가 단지 삼국이라고만 기록되어 있는 것에 큰 의미가 있다고 필자는 보았다. 결론적으로 본서는 삼국이란 '어국(御國)'에서 온 말로 판단했다. '어국'과 '삼국'의 일본 발음은 모두 '미쿠니'이므로 '어국'이 '삼국'으로 한자 표기가 달라졌기 때문이다. 일본 학자도 어국이 삼국이 되었다고 인정한다. 그러므로 필자는 삼국을 한반도, 특히 가야의 삼국(금관가야, 대가야, 안라국)을 가리키는 말이라고 보았다.

필자는 『고사기』와 『일본서기』에서 가야국의 이름을 숨기려는 의

도가 있을 때면 '삼국'이라는 명칭을 사용했음을 밝혀냈다.

그리고 백제의 무령왕이 일본의 게이타이 천황에게 선물했다고 전해지는 거울에는 게이타이 천황의 원래의 이름 '오오도왕(男大迹 王)'을 남동생이라는 뜻을 가진 한자 남제왕(男弟王)이라고 썼다. 남제왕은 오오토왕, 혹은 오오도왕이라고도 읽을 수 있는 한자이다. 즉 무령왕은 게이타이 천황을 남동생이라고 불렀다고 보인다. 그 거울 '인물화상경'에는 무령왕이 사마왕(斯麻王)이라고 기록되어 있는데 『일본서기』에는 무령왕을 사마왕과 동일 인물로 기록했으며, 한국에서 발굴된 무령왕 왕릉에서 발견된 묘지(墓誌)에도 무령왕이 사마왕이라고 기록되어 있다. 결국 무령왕과 게이타이 천황은 매우 밀접한 관계였다는 이야기가 된다. 즉 게이타이 천황은 백제와 관계가 깊었고, 무령왕의 남동생이라는 결론이 나온다. 여기서 남동생이란 말은 '남동생 같은' 사람이라고도 읽을 수 있다.

만약 게이타이 천황이 단지 일본에서 나온 천황이었다면 이런 표현을 사용할 리가 없다.

『일본서기』에는 게이타이 천황이 백제가 요청한 대로 '임나(가야) 4현'을 백제에 할양해 주었다고 기록되어 있다. 이 같은 『일본서기』 의 기록이 지금까지도 임나일본부가 가야국에 존재했다고 하는 소위 '임나일본부설'을 증명하는 서술로서 알려져 있었다.

그러나 게이타이 천황이 무령왕의 동생 격이고 가야국의 여러 나라 중 한 나라 왕이었다면 이야기는 달라진다. '임나 4현 할양'과 같은 기록은 가야의 왕이 우호국이었던 백제에 '임나 4현'을 넘겨준 사건이라는 측면에서 이해할 수 있기 때문이다.

결국 본서는 게이타이 천황이 가야계의 왕과 일본의 천황이라는 두 가지 지위를 동시에 갖고 있었으며, 일본과 한반도를 왕래하면서 가야(=임나)지방을 지키거나 신라에 잃은 땅을 찾기 위해 백제와 협력해서 부흥운동을 벌였다고 보았다.

『일본서기』에는 게이타이 천황이 즉위했을 때를 제외하고는 전혀 나오지 않는다. 그뿐만 아니라 게이타이 천황이 일본 내를 움직였다는 기록도 거의 없다. 즉 그는 주로 한반도의 가야에 거주하면서 동시에 일본 천황이었을 가능성이 크다. 임나일본부는 정치적으로는 가야와 백제가 영향력을 행사하는 분국의 형태였다는 가설이 성립되는 대목이다.

게이타이 천황의 적자 긴메이 천황과 '임나일본부설'

게이타이 천황의 적자 긴메이(欽明) 천황(재위 : 539?-571?) 시대에 '임나일본부', 혹은 '안라일본부'라는 명칭이 처음으로 『일본서기』에 등장한다. 그러므로 필자는 긴메이 천황은 일본에 정착한 가야국(혹은 백제에 합해진 가야국)의 왕이며, 임나일본부는 백제와 협력했던 가야국의 분국으로서 일본을 연결시키는 연락 업무를 담당하는 기관이었다고 보았다.

『일본서기』의 여러 기록을 보면 임나일본부는 일본 측 의사와 관계없이 움직였고, 신라와 내통하기도 했다는 기록 등이 나온다. 임나일본부란 안라국에 설치된 작은 조직이었고 일본에 소속된 기관이 아니라 안라국에 소속되어 있었다고 판단된다.

긴메이 천황 시대의 562년에 가야국이 신라의 공격을 받아 멸망한다. 긴메이 천황은 자신의 아버지 게이타이 천황의 출신지이자 자신의 모국인 가야의 부흥을 평생의 목표로 삼았지만 결국 가야는 멸망해 버린다.

긴메이 천황은 서거하기 직전에 "부부와 같은 관계였던 임나와 우리(=일본)의 관계를 제발 재건해 달라"라고 유언을 남긴다. 가야가 일본의 식민지였다면 이런 애절한 말이 천황 입에서 나올 리가 없다. 바로 게이타이 천황, 긴메이 천황의 출신지가 가야국(혹은 백제에 합해진 가야국)이었다는 추론이 가능한 대목이다.

가야계 천황과 소가씨

필자는 가야계 천황들의 성황기는 게이타이, 긴메이 2대로 끊어졌다고 본다. 일본 내에서 가야계 왕족의 혈통은 본국인 가야가 멸망함으로써 힘을 잃어 갔다고 판단되기 때문이다.

긴메이 천황에 이어 천황으로 즉위한 비다쓰(敏達) 천황은 계보

상 긴메이 천황의 장남으로 기록되어 있으나 『신찬성씨록』에 의하면 백제왕이었다고 기록되어 있다. 그러므로 필자는 망한 가야 출신의 가야계 천황이 왕위를 지키는 일본 정국을 걱정한 백제 왕조가 백제 왕족인 비타쓰를 천황으로서 일본으로 보냈다고 본다. 이렇게 하여 일본 왕가에서는 가야계 왕가에서 백제 왕가로 재편성이 시작된다.

그러나 비다쓰 이후 일본 천황으로 다시 긴메이 천황의 자녀들 3명이 잇따라 천황 자리에 오른다. 긴메이 천황의 자녀들 즉 스슌, 요메이, 스이코가 연속으로 천황에 즉위한 것이다. 그들은 모두 긴메이 천황과 당시 권력을 장악한 호족 소가씨의 딸들 사이에서 태어난 인물들이다. 당시 힘을 가진 소가씨가 자신들의 혈통을 가진 긴메이 천황의 아이들을 연이어 천황에 즉위시킨 것으로 판단된다.

그런데 소가씨에 반기를 든 스슌 천황이 소가씨에 의해 살해당했고, 결국 가야계 천황의 혈통은 여성 천황 스이코 천황을 마지막으로 끊어져 버린다.

사실 긴메이 천황의 손자이자 소가씨의 혈통을 이어받은 쇼토쿠 태자의 아들인 야마시로노오에(山背大兄) 왕자가 마지막 가야계 혈통으로 남아 있었으나, 그는 의외로 소가씨에 의해 살해당하고 만다. 가야계이면서도 소가씨의 혈통도 이어받은 마지막 왕자를 소가씨가 제거해버린 것이다.

소가씨는 멸망한 가야의 왕족을 버리고 백제왕과 혈통 관계를 맺고 자신의 혈통을 가진 가야계가 아닌, 백제계 왕자를 천황으로 등극시켜 자신들의 권력과 미래를 보장받고자 한 것이다.

백제 왕족의 일본 지배

소가씨는 자신들의 혈통을 가진 가야계 야마시로노오에(山背大兄) 왕자를 살해하고 계보 상 비다쓰의 손자가 되는 다무라(田村) 왕자를 조메이(舒明) 천황으로 즉위시킨다. 비다쓰가 백제왕이므로 계보 상 그의 손자로 기록된 조메이 천황도 백제계, 혹은 바로 백제인이었다고 판단된다.

소가씨는 조메이 천황에게 자신의 딸을 시집보내고 그 사이에서 태어난 후루히토노오에(古人大兄) 왕자를 천황에 즉위시키려고 계획한다.

그 무렵 백제는 의자왕의 동생 새상(塞上)과 의자왕의 아들 풍(豊)을 일본으로 보냈다고 『일본서기』에 기록되어 있다. 한편 조메이 천황은 백제인답게 백제사, 백제궁 등을 조영하였고, 그가 서거했을 때 장례식은 본국 백제에서 거행되는 백제식 장례식으로 성대하게 거행되었다. 조메이 천황은 바로 백제인이었던 것이다. 그의 뒤를 이어 황후였던 다카라(寶) 황녀가 고교쿠 천황으로 즉위한다. 고교쿠 천황에게는 나카노오에(中大兄) 왕자가 있었다.

필자는 조메이 천황이 바로 의자왕의 동생 새상이었다고 본다.

왜냐하면 새상에 대한 기록이 거의 없고, 다만 '행실이 좋지 않다.'라고만 기록되어 있으며, 조메이 천황의 행보를 보면 여러 차례 왕궁을 옮기고 온천 여행을 즐겼으며 삼한에서 온 손님을 위해 연회를 많이 베풀었다고 기록되어 있다. 백성을 위한 행보는 거의 없었던 것으로 판단된다. 그것이 행실이 좋지 않은 새상과 일맥상통한다. 그 외에는 새상에 관한 기록이 없다.

마찬가지로 고교쿠 천황의 아들 나카노오에는 의자왕의 아들 풍과 동일인물로 판단된다. 그 이유는 다음과 같다.

(1) 645년 을사정변에서 나카노오에가 소가씨를 멸망시켰을 때 이복형 후루히토노오에가 나카노오에를 가리켜 '한인'이라고 부른 것이 『일본서기』에 명백히 기록되어 있다. 이 기록은 바로 나카노오에가 백제에서 일본으로 건너간 지 얼마 안 된 '백제인'이었다는 것을 증명한다.

(2) 660년 백제가 망했을 때 백제 왕자 풍이 옛 백제 땅에서 벌어지고 있던 백제부흥운동의 지도자로 추대되어 옛 백제 땅으로 떠난다. 『일본서기』는 그 후 약 3년 간의 기록에서 옛 백제 땅에서 벌어진 백제부흥운동을 일본의 정사로서 기록했다. 백제부흥운동의 기간에 해당되는 나카노오에의 일본에서의 기록이 『일본서기』에는 완전히 빠져 있다. 마치 백제부흥운동이 일본의 정사인 것처럼 기록했고, 일본에서의 나카노오에를 대신해서 한반도에서의 풍의 행적을 기록했다.

백제부흥운동이 실패로 끝나 풍이 고구려로 도주했다고 기록되어 있는데, 그 후 4개월이나 지난 시점에서 『일본서기』는 일본의 정사를 다시 기록하기 시작한다. 일본에서 모습을 감추었던 나카노오에가 다시 일본에 모습을 드러낸 것이다. 풍이 활약하던 시기에 나카노오에뿐만 아니라 일본의 역사까지도 『일본서기』의 기록에서 완전히 빠져 있는 것이다. 그것은 풍이 나카노오에였다는 유력한 증거이다.

　(3) 백제부흥운동의 실패로 백제라는 본국이 완전히 멸망한 후에는 일본에 있는 백제 왕족들의 입지도 당당하지 못했다. 그래서 나카노오에는 오랫동안 천황으로 즉위하지 못한다. 그의 즉위에 반대하는 세력이 있었다고 판단된다. 그런 연유로 나카노오에는 일부러 오미국으로 도읍을 옮겨, 거기서 덴지(天智) 천황으로 즉위한다. 『만요슈』에도 나카노오에가 쫓기듯 오미국으로 이동해야 하는 슬픔을 읊은 그의 측근들의 노래가 많다.

　그렇다면 고교쿠 천황은 누구였을까? 필자는 풍을 보살펴주기 위해 백제에서 온 의자왕의 부인이라고 본다. 물론 정비(正妃)는 아니고, 왕자 풍을 낳은 의자왕의 다른 부인이라고 본다. 그 이유는 다음과 같다.

　(1) 고교쿠 천황은 계보 상 백제왕 비다쓰의 증손녀로 기록되어 있고, 소가씨의 혈통이 아니다. 즉 그녀도 백제 왕족 출신인 것

이다. 그런 연유로 의자왕이 동생인 새상을 일본으로 보낼 때 어린 왕자 풍을 보살펴주기 위해 풍을 낳은 어머니도 함께 일본으로 건너갔다고 보는 것이 자연스러운 견해이다. 말하자면 나카노오에=풍의 어머니, 고교쿠 천황은 의자왕의 부인이었던 것이다.

(2) 고교쿠 천황은 고토쿠(孝德) 천황에 이어서 다시 사이메이(齊明) 천황으로 즉위한다. 즉 고교쿠 천황은 사이메이 천황이기도 하다. 그런데 풍이 나당연합군에 패망해 위태롭던 백제 땅으로 떠나기 전에 사이메이 천황은 그를 백제왕으로 즉위시켜 군사 5천 명을 응원군으로서 함께 보낸다. 타국의 여성 천황이 백제 왕자를 백제왕으로 즉위시킨다는 것은 상식적으로 불가능한 일이다. 그러나 사이메이 천황이 백제 의자왕의 부인이라면 자신이 속한 왕가의 일이므로 풍을 백제왕으로 즉위시킬 수 있다. 즉 사이메이 천황은 백제 왕족이었던 것이다.

신라계 혈통, 그리고 백제계 덴지 천황 혈통의 부활

오랫동안 천황으로 즉위하지 못하던 나카노오에는 668년에 덴지 천황으로 즉위했고, 일본 내의 정치적 안정을 도모한다. 그러나 3년 후인 671년에 세상을 떠난다.

이후 계보 상 덴지 천황의 동생이라고 기록된 오아마(大海人) 왕자와 덴지의 아들 오토모(大友) 왕자가 천황 자리를 놓고 큰 전쟁을 벌인다. 이 전쟁은 신라계로 보이는 오아마 왕자가 백제계 일본 왕위를 탈취하려는 전쟁이었으며, 결과적으로 오아마 왕자가 이겨 그는 덴무 천황으로 즉위한다.

이후 그때까지 이어졌던 신라 경계 노선을 버리고 적극적 친신라 노선을 채택한 덴무 조는 9대, 8명의 천황으로 이어졌으나 격렬한 권력 투쟁 탓에 남자의 혈통이 끊어진다. 덴무 조 8명 중 4명이 여성 천황이었던 점을 봐도 권력 투쟁의 심각성을 알 수 있다. 결국 770년에 백제계 덴지 천황의 손자 시라카베왕(白壁王)이 고닌(光仁) 천황으로 즉위하여 무령왕의 9대 후손인 제2부인 다카노노니가사(高野新笠)를 비로 삼는다. 그들 사이에서 태어난 간무(桓武)가 천황에 즉위(781)하면서 일본 천황의 혈통은 다시 덴지 계(=백제계)로 복귀된다. 이와 때를 같이 해서 779년에 일본과 신라의 국교가 단절된다.

이 같은 왕조 교체의 배후에는 나카노오에의 오른팔이었던 나카토미노 가마타리(中臣鎌足)의 후손이자 호족으로 성장한 후지와라씨(藤原氏)의 암약이 있었다. 후지와라씨는 고닌 천황의 황후였던 덴무 계 여인 이노에(井上)와 세자 오사베(他戸)에게 누명을 씌워 유배시킨 후 살해한다. 이처럼 천황 가의 혈통에서 신라계, 즉 덴무 계의 핏줄을 모두 제거해 버린다.

그러므로 일본 천황의 혈통은 게이타이 천황 시대를 전환기로 해서 770년까지 가야(게이타이, 긴메이) → 백제(비타쓰) → 가야(스슌,

요메이, 스이코) → 백제(조메이, 고교쿠/사이메이, 덴지) → 신라(덴무 조 8명) → 백제(고닌, 간무)로 바뀌었고, 덴지 천황의 혈통이 그 후로도 계속 이어져서 현재의 천황 가에 계승되었다. 결국 현재의 일본 천황 가의 직접적인 조상은 백제 의자왕이 된다.

본서는 6세기 초부터 8세기 후반에 걸친 약 180년 간의 역사를 살펴보면서, 천황 가의 혈통이 한반도에서 일본으로 건너간 사실을 입증하는 데 힘을 기울였다.

『만요슈』에서 말하는 역사

본서는 7세기 초부터 8세기 중반까지의『만요슈』에 실린 시들을 검토함으로써 천황의 혈통 교체사 이면에 숨겨진 이야기의 일부를 살펴보았다. 본서에서 다룬 역사 시대에『만요슈』에 어떤 시를 남겼을까를 검토하는 것이 본 장의 목적이었다. 결과적으로『일본서기』의 기록만으로는 부족하고 애매하던 상황을 묘사해놓은 시를 다수 발견했으며, 그중 대표적인 시 12수를 소개했다. 이처럼 만요슈에 실린 시를 통해 많은 역사적 사실을 발견했는데, 나카노오에가 오미국으로 도읍을 옮길 수밖에 없었던 사정과 이유, 나카노오에가 천황에 즉위하는 데 장애라고 여긴 다른 황자를 음모해서 살해했다는 사실, 그리고 지토 천황 역시 자신의 혈통을 덴무 천황의 후계자로 삼기 위해 다른 황자를 제거한 사실 등이 부각되었다. 그런 점에서 『만요슈』는 당시 일본 왕조의 역사를 뚜렷이 보여 주는 역할을 한다는 점이 확인되었다.

참고 문헌

국내 문헌

김종권 역, 『완역 삼국사기』(광조출판사, 1976).

소진철, 『백제 무령왕의 세계』(주류성출판사, 2008).

김용운, 『천황이 된 백제의 왕자들』(한얼사, 2010).

홍윤기, 『백제는 큰 나라』(한누리미디어, 2010).

김현구 외, 『일본서기 한국관계기사 연구(Ⅰ)』(일지사, 2003).

김현구 외, 『일본서기 한국관계기사 연구(Ⅱ)』(일지사, 2003).

김현구 외, 『일본서기 한국관계기사 연구(Ⅲ)』(일지사, 2003).

이연숙, 『향가와 만엽집 작품의 비교연구』(제이엔씨, 2009).

구정호, 『만요슈-고대일본을 읽는 백과사전』(살림, 2005).

호사카유지, 『일본역사를 움직인 여인들』(문학수첩, 2006).

국외 문헌

植松 安, 『假名日本書紀』(大同館, 1920).

津田左右吉, 『古事記及び日本書紀の新研究』(洛陽堂, 1919).

峰岸義秋, 『口訳万葉集』上·下(山海堂出版部, 1944~45).

石井庄司, 『古典考究-万葉扁』(八雲書店, 1944).

江上波夫, 『騎馬民族国家』(中央公論新書, 1967).

笠原英彦, 『歴代天皇總攬』(中央公論社, 2001).

井上光貞他, 『日本書紀Ⅰ』(中公クラシックス, 2003).

井上光貞他, 『日本書紀Ⅱ』(中公クラシックス, 2003).

井上光貞他, 『日本書紀Ⅲ』(中公クラシックス, 2003).

山口佳紀他, 『古事記』(小学館, 2007).

井上光貞, 『日本古代国家の研究』(경인문화사 영인본, 1986).

井上光貞, 『日本国家の起源』(岩波書店, 1972).

水野 祐, 『日本古代の国家形成』(講談社, 1967).

水野 祐, 『日本国家の成立』(講談社, 1968).

水野 祐, 『天皇家の秘密』(山手書房, 1977).

吉村武彦, 『ヤマト王権〈シリーズ 日本古代史 2〉』(岩波書店, 2010)

上田正昭, 『帰化人』(中央公論社, 1965).

上田正昭, 『上田正昭著作集6』(角川書店, 1999).

武光 誠, 『蘇我氏の古代史』(平凡社, 2008).

中田興吉, 『大王の誕生』(学生社, 2008).

直木孝次郎, 『古代を語る-5-大和王権と河内王権』(吉川弘文館, 2009).

直木孝次郎, 『古代を語る-6-古代国家の形成』(吉川弘文館, 2009).

森浩一他, 『古代日本と百済』(大巧社, 2003).

萬多親王等編著, 『新撰姓氏録』(국립중앙도서관 소장, 1828).

歴史教科書研究會他, 『日韓交流の歴史』(明石書店, 2007).

正宗敦夫編, 『日本古典全集 第138巻-日本書紀第17巻』(국립중앙도서관 소장,
　　　　　　1925-1944).